G000075217

JOURS TRANQUILLES
À BELLEVILLE

« La dégradation est très lente. Les riverains, mithridatisés par les coups portés à leur environnement immédiat, s'y accoutument imperceptiblement. Un tag par-ci, un clodo calfeutré dans une encoignure de porte par-là, un panneau de signalisation renversé, une mobylette à demi démontée et abandonnée dans une flaque d'huile un peu plus loin, une seringue dans un caniveau ; et le tour est joué. Infesté à la toxine de la misère à dose homéopathique, l'*Homo bellevillus* oublie peu à peu à quoi ressemble une ville digne de ce nom. À l'abri derrière sa porte blindée, la mémoire saturée d'images de fils de fer barbelés et de grilles, de portes anti-vandales, bientôt sans doute armé de caméras de détection des intrus en bas de chaque immeuble, il voit son univers se rétrécir aux dimensions d'une cellule bien douillette hors de laquelle il ne fait pas bon s'aventurer. [...] »

Thierry Jonquet explique pourquoi, en tant qu'écrivain, il a choisi de dénoncer la violence de son quartier, sans pessimisme mais avec réalisme. Un témoignage sur un quartier de Paris « que l'on a laissé pourrir sur pied ».

Thierry Jonquet est né en 1954. Depuis 1981, il a publié une douzaine de romans noirs – dont Mygale *(1984),* Les Orpailleurs *(1993) et* Moloch *(1998) chez Gallimard, et* Rouge, c'est la vie *(1998) au Seuil. Il est également scénariste et auteur de textes pour la jeunesse.*

Thierry Jonquet

JOURS TRANQUILLES À BELLEVILLE

RÉCIT

Préface de Gilles Perrault
Postface de l'auteur

Éditions du Seuil

La première édition de cet ouvrage a paru
aux éditions Méréal, en 1999

TEXTE INTÉGRAL

ISBN 2-02-059191-X

(ISBN 2-84480-006-8, 1ʳᵉ publication)

www.seuil.com

Pour Elsa,
pour David,
et aussi pour Jo Bialot...

Préface

De nous tous, Thierry Jonquet est le plus courageux : il dit la vérité. Une vérité désagréable, dérangeante, irritante. L'une de ces vérités qu'on déteste regarder en face. Écrire *Le Pull-Over rouge*, autopsie d'une erreur judiciaire qui jeta sur l'échafaud un garçon de vingt-deux ans, ou *Notre ami le roi*, dénonciation des barbaries perpétrées par feu le roi Hassan II, exposait sans aucun doute l'auteur à des inconvénients sérieux. Mais cet auteur savait que sa famille intellectuelle et politique applaudirait à l'entreprise. Les siens seraient à ses côtés. Puissant réconfort ! Les inévitables tracas en devenaient secondaires. Il fallait un tout autre courage pour écrire *Jours tranquilles à Belleville*. Thierry Jonquet n'ignorait pas que les siens – les nôtres – accueilleraient son livre, au mieux avec de la gêne, au pis avec des grincements de dents, voire, pour certain crétin, par une bordée d'injures (« Jonquet ? Le beauf de Belleville ! »).

Lisant l'ouvrage, l'auteur de ces lignes, qui a tenu à travers la France d'innombrables meetings pour le compte d'une vigoureuse association antiraciste et antifasciste, éprouvait une petite honte rétrospective. Obéissant à une règle implicite, quand ce n'était pas aux suggestions appuyées des organisateurs, il s'abstenait d'aborder, ou se contentait d'effleurer, les problèmes d'insécurité ou d'« incivilités », selon le terme à la mode. Agir autrement eût fait le jeu du lepénisme. Au soir du premier tour de la récente élection présidentielle, on put juger si cette discrétion de bon aloi, très largement partagée, avait empêché Le Pen de prospérer. Connaissant ses classiques, Thierry Jonquet sait, lui, que « seule la vérité est révolutionnaire ».

Il nous raconte la dégradation environnementale, tant humaine que matérielle, du quartier qu'il habite : Belleville, l'un des lieux emblématiques de Paris, *melting-pot* où débarquèrent depuis deux siècles des immigrants venus de partout et où ils ont fini par se fondre, non sans de rudes tribulations, dans la population autochtone. Cette fois-ci, ça coince. La machine à assimiler est en panne. Ghettos ethniques cloisonnés par des murs invisibles, paupérisation galopante des uns tandis que les autres, modestes nantis, se barricadent derrière leurs portes blindées, racisme ambiant qui établit une tête de pont dans le vocabulaire (« les bronzés ») avant de progresser dans les esprits, lassitude virant à l'exaspération à la faveur de l'accumulation des incidents, le tout dans un décor urbain qui ne cesse de se dégrader. Tableau tristement banal, qui pourrait s'appliquer à tant de villes et surtout à maintes banlieues ? Hélas, oui. Les sociologues nous abreuvent de ces bilans sinistres.

Mais Thierry Jonquet est un écrivain. Restant résolument à l'écart des exposés abstraits et des sèches statistiques, il nous introduit au cœur de la vie quotidienne. Il écrit au ras du bitume, en piéton de Paris, en villageois de Belleville. Tout ce qu'il raconte, il l'a vu, vécu, intimement ressenti. Ainsi de cette nouvelle venue dans le quartier qu'il stigmatise violemment et dont l'irruption l'a sans aucun doute déterminé à écrire. Omniprésente quoique invisible, omnipotente mais insaisissable : la drogue. Le plus jeune enfant de Thierry Jonquet est inscrit à la crèche du quartier. « À plusieurs reprises, les puéricultrices ont trouvé des seringues dans les jardins où jouaient les petits. Au regard de la configuration des lieux – esplanade environnante, présence de grilles et de murs protégeant le jardin –, il est tout à fait exclu que ces seringues aient abouti là par hasard, qu'on les y ait jetées par inadvertance. » Cela le conduira à faire arrêter un dealer dont il a eu loisir d'observer le manège depuis son balcon. « Délateur » : c'est le titre qu'il a choisi de donner au chapitre consacré à l'affaire. Délateur ? « Personne qui dénonce pour des motifs méprisables », indique le Petit Robert. Est-il méprisable de vouloir préserver son enfant et ceux des voisins des dangers d'une seringue peut-être infectée ? Le choix du mot traduit la violence qu'a dû se faire Jonquet pour passer à l'acte. À cet ancien travailleur social, à cet ancien militant d'extrême gauche qui a laissé tomber la carte mais conservé les valeurs, la dénonciation inspire une répulsion naturelle. Mais c'est précisément l'intérêt de son livre que de nous révéler à quelles transgressions peuvent conduire des situations devenues insupportables. Ainsi encore de ses rencontres avec ces gamins propriétaires de pitbulls, rottweillers et autres molosses qui s'amusent, en excitant leurs fauves, à terroriser les passants, surtout ceux qui accompagnent un enfant. « Ils jouissent. Ils jouissent de la peur qu'ils inspirent par leurs chiens interposés. [...] À cet instant, à cet instant-là, je les hais. Je ressens des envies de meurtre et l'avoue sans retenue. » Qui n'a pas eu, dans la même situation, une pulsion similaire ? Thierry Jonquet est celui qui dit la vérité.

Il dit aussi que les réactions épidermiques déclenchées par les incessantes agressions du quotidien ne doivent pas occulter les causes profondes de la dégradation. Jeunesse sans espérance, vouée au chômage, privée de toute perspective d'avenir. « Le véritable ghetto, écrit-il, sépare les riches et les pauvres, les abonnés à Canal Plus et les SDF, les propriétaires de R 25 et les habitués de la soupe populaire. »

Un livre lugubre ? Rien de tel. Belleville résiste à la sinistrose. Les pages ne manquent pas où le lecteur, accompagnant l'infatigable piéton Jonquet, sourira à la rencontre de l'Américain, des adeptes de la secte Falungong ou des pittoresques tribus qui s'ébattent dans le parc des Buttes-Chaumont. Ce lecteur éclatera d'un rire peut-être un peu jaune en lisant les paragraphes hilarants consacrés à la fameuse tontine, censée expliquer l'ascension économique prodigieuse des Asiatiques dans le quartier...

Un livre ancré dans une réalité parisienne, mais dont on peut aisément extrapoler l'avis d'alerte qu'il nous délivre. L'auteur de ces lignes vit depuis plus de quarante ans dans un village du Cotentin qui est évidemment l'exact contraire de Belleville. Chez nous, la dernière vague d'immigration remonte aux Vikings, aux alentours de l'an 900, et l'on peut raisonnablement considérer qu'elle est désormais assimilée. Point de « bronzés ». De toute façon, dans le Cotentin, on ne bronze pas. Une population quiète, peu portée aux extrêmes. Mais avec l'explosion récente de la délinquance rurale, surtout juvénile, les agressions physiques de plus en plus fréquentes, la drogue omniprésente dans les collèges et les lycées, un malaise s'est installé dans les campagnes et suscite des réactions très comparables à celles enregistrées par Thierry Jonquet dans son quartier parisien.

Un livre prémonitoire. Le 21 avril 2002, au soir du premier tour de l'élection présidentielle, en voyant apparaître sur le petit écran les visages de Jacques Chirac et de Jean-Marie Le Pen, c'est à *Jours tranquilles à Belleville* que j'ai immédiatement pensé. Il est vrai que le candidat de la droite avait, lui aussi, cyniquement exploité le thème de l'insécurité. Nul ne contestera que les médias à son service l'ont, de ce point de vue, efficacement aidé. Mais si l'opération se révéla à ce point fructueuse, c'est qu'elle intervenait sur un terrain rendu propice par la politique de l'autruche suivie par la gauche gouvernementale. Jonquet écrivait en 1999 : « Il faut bien reconnaître que, tant que durera le spectacle du dealer à l'œuvre au coin de la rue, du camé tirant le sac d'une petite vieille pour se payer sa dose, les développements pédagogiques des spécialistes de la prévention, si raisonnables soient-ils, n'auront aucune chance de passer. » Faute de l'avoir compris, la prévention est aujourd'hui au placard et la nouvelle majorité parlementaire vote des lois imbéciles qui prétendent restaurer l'ordre moral en sacralisant *La Marseillaise*...

Il est temps de lire Thierry Jonquet. Il n'est que temps.

Gilles Perrault

Une photographie...

Ils sont dix-neuf, à fixer l'objectif, certains goguenards, d'autres le sourire un peu crispé. Le premier
rang est assis, le deuxième debout, le troisième juché
sur un banc. Dix-neuf enfants d'une classe de cours
préparatoire. Séance de photographie rituelle de début
d'année. La maîtresse se tient à côté de ses élèves et
se prête au jeu, elle aussi. Nous sommes dans la cour
de récréation d'une école primaire, à Belleville, dans
le 19ᵉ arrondissement de Paris. Un écriteau placé au
pied d'une des fillettes du premier rang nous apprend
que la photographie a été prise en 1999.

Sauf accident, il n'y a aucune chance pour que ce
cliché passe à la postérité. Un de ces enfants deviendra
peut-être célèbre, peut-être sera-t-il, aux environs de
2030, le premier à poser le pied sur Mars, auquel cas
ses biographes se pencheront sur son passé et exhume-
ront d'un carton poussiéreux ce cliché anodin...

Si cette photo m'intéresse, c'est que le petit garçon
qui se tient debout au deuxième rang, à l'extrême
gauche, est le mien. Depuis sa naissance, il vit à Belleville, et c'est tout naturellement qu'il a pris le chemin
de l'école communale de la rue Rampal. Au quotidien,
il vit dans un périmètre assez réduit, entre le boulevard
de la Villette, la rue des Pyrénées, la place du Colonel-

15

Fabien... C'est son petit domaine, balisé par l'école, le cours de musique de la rue de Pali-Kao, le centre de loisirs de la rue de la Grange-aux-Belles, ou encore les Buttes-Chaumont. Il pose des questions. À propos des seringues qui traînent parfois dans les caniveaux. Des boutiques qui s'appellent encore « Droguerie » : y vend-on réellement de la drogue ? Des clochards avinés qu'il voit allongés à même le sol à tous les coins de rue. Des tags qui essaiment sur les murs. Des copains de la cour de récré qui arrivent à l'école sans leur goûter... Il y a fort à parier que d'ici vingt ans, Belleville aura subi bien des bouleversements et qu'il reconnaîtra difficilement les rues de son enfance. J'essaie d'imaginer comment il perçoit son environnement. Quel regard il porte sur une réalité qui lui paraît « normale », faute de possibilité de comparaison. Les photographies remontant à ma propre enfance, en noir et blanc, me semblent si lointaines, si datées, qu'à force de les contempler, il me vient une sensation de vertige, de noyade temporelle. C'est le tribut que je commence à payer au fil des années qui s'enfuient.

Mais revenons à cette photographie. Elle présente, bien sûr, un intérêt affectif, mais aussi sociologique si ce n'est ethnographique. Sur les dix-neuf enfants qui fréquenteront ce cours préparatoire durant l'année scolaire 1999/2000, on compte une majorité d'Asiatiques, des Maghrébins, des Africains... Restent « les Blancs ». Certains d'entre eux au moins sont juifs – juifs séfarades –, un simple coup d'œil sur les noms de famille suffit à le vérifier. Nous sommes à Belleville. Il pourrait aussi y avoir des Turcs, des Tamouls, des Grecs et des Arméniens, dans cette classe, mais le hasard en a décidé autrement. Certains prénoms sont évocateurs – Wahida, Mamou, Kapilradj –, d'autres plus trompeurs – Cécile, Yann, Thomas, Kevin –, les Asiatiques optant résolument pour des choix de prénoms du terroir. Cette photographie est un instantané d'intégration balbutiante, de métissage potentiel. Un petit tour dans la cour de récréation ne ferait qu'alimenter un peu plus encore tous les cauchemars de racistes. Il serait fallacieux de prétendre que le processus est harmonieux, qu'il se produit sans à-coups, sans heurts, sans conflits, tant s'en faut. Le quartier est en perpétuelle rénovation, les immeubles en copropriété fleurissent et il est évident que, peu à peu, nombre de familles immigrées seront expulsées en douceur vers la périphérie.

Cette photographie est assez représentative de la réalité locale. J'habite Belleville depuis quinze ans. Rue Hector-Guimard, derrière le siège de la CFDT. Un ensemble d'immeubles pompeusement baptisé « résidence ». Je m'y suis installé parce que ma fille aînée, qui fréquente aujourd'hui le lycée, allait naître ; l'appartement que nous occupions auparavant était trop exigu pour l'accueillir. Le hasard des petites annonces immobilières, et lui seul, m'a poussé à venir habiter là. Ce n'était pas le résultat d'un choix. Belleville ne m'était, bien sûr, pas inconnu, mais je ne m'y rendais guère, si bien que je n'ai aucun souvenir précis de la physionomie des lieux précédente. Lors d'une exposition de photographies à la Cité des sciences, j'ai pu voir à quoi ressemblait l'endroit où je vis, juste avant que les bulldozers ne rasent ce pâté de maisons. C'était un dédale de cours, de passages sombres et tordus, de bicoques plus ou moins bancales, avec sur la rue de Belleville elle-même des façades d'immeubles tout à fait respectables camouflant en fait une misère bien réelle. Cet îlot aurait sans doute pu être partiellement rénové, et ses habitants relogés sur place, si la spéculation immobilière n'en avait décidé autrement.

Dans un quadrilatère formé par le boulevard de la Villette, le bas de la rue Rébeval, le début de la rue de Belleville et la rue Rampal, se dresse à présent un ensemble de cités HLM et de « résidences » avec, au centre, une vaste étendue piétonnière d'une dimension devenue rare dans Paris et qui, paradoxalement, focalise les problèmes rencontrés par les riverains. Cette place, artificielle, née de la cervelle des « rénovateurs » du quartier, n'en est restée qu'au stade d'ébauche, de brouillon auquel il faudrait apporter bien des corrections pour le rendre à peine acceptable, et encore ! Il ne suffit pas de dégager un coin de bitume, d'y installer quelques bancs et un réseau de pergolas pour qu'il devienne un lieu de rencontre. C'est même tout le contraire. Le terrain, a priori neutre, s'est transformé en no man's land, séparant les nantis qui habitent les résidences et la plèbe des cités. Les incidents sont fréquents. Les habitants ont bien sûr envahi cette place, faute de mieux. Les mères de famille et les oisifs de tout poil ont occupé les bancs qui y avaient été installés et qui ont aujourd'hui disparu, les gosses jouent au ballon, font du vélo, du roller, mais il faut partager l'espace avec les jeunes des cités voisines qui trouvent là un terrain propice à certaines facéties dont ils ont la triste spécialité.

Rue Rébeval, rue Hector-Guimard, rue Jules-Romains : quelques dizaines d'hectares, et les différenciations sociales sont très vives, pour ne pas dire criantes. Entre les HLM de la rue Rébeval, aux façades taguées, au revêtement qui part en lambeaux en dépit des liftings qui leur sont régulièrement prodigués, et les immeubles en copropriété du boulevard de la Villette, ornés de bow-windows et de terrasses, il y a davantage qu'un abîme. La misère côtoie l'aisance. Elles n'ont jamais fait bon ménage.

Si l'on fait un saut par-dessus la rue de Belleville, vers l'est, au-delà de la rue Ramponeau, on trouve un quartier en tout point semblable à celui qui s'étend à l'ouest. Je me suis souvent promené rue Bisson, rue de Pali-Kao, rue du Sénégal, avant que les grues et les bulldozers ne mènent leur offensive finale. Les squats étaient nombreux, des gosses aux pieds nus jouaient dans les caniveaux, des monceaux d'ordures s'accumulaient dans les couloirs. Les autorités avaient pratiqué une sorte de politique de la terre brûlée ; à force d'inertie, elles avaient laissé les choses se dégrader au point qu'il n'était plus possible d'opposer d'arguments à leur furie dévastatrice. On a tout rasé pour construire un complexe d'immeubles neufs, prétendument réservés à une clientèle populaire. Aujourd'hui, c'est une autre planète. Les rues sont tristes, sans commerces. On n'y vit plus, on ne fait qu'y passer, sans aucune envie de s'attarder.

Ainsi, pris en tenaille à l'est et à l'ouest entre ces deux mâchoires de la modernité urbaine, réduit à sa portion congrue, consciencieusement ligoté entre la rue de Belleville et la rue Ramponeau, le vieux quartier du bas-Belleville fait figure de réserve, de musée urbain qui a miraculeusement obtenu un sursis. Les picadors ont planté quelques banderilles sur la vieille bête essoufflée. Boulevard de Belleville se dressent déjà des immeubles aux formes étranges, monstres de verre, de ferraille et de béton dont la silhouette évoque celle de paquebots. Tout près, rue de Tourtille, rue Dénoyez, les parpaings commencent à aveugler les façades. Et bientôt le matador livrera le combat ultime contre un adversaire agonisant. C'est du moins ce qu'il espère. Les derniers Bellevillois ne sont en effet pas résignés à abandonner la partie.

En attendant, la situation pourrit. Le commerce de la drogue se porte bien. Dans les écoles, les enfants de pauvres, avec leur accent bizarre et leurs vêtements rapiécés, font figure de trouble-fête face aux rejetons d'une population qu'on peut qualifier d'aisée, eu égard à l'échelle des valeurs qui prévaut ordinairement. Les immigrés de la communauté asiatique affichent ostensiblement leur richesse. L'argent coule à flots. Mouloud, Sékou ou Farid n'ont aucune chance en face de Chen.

Sont ainsi réunis les ingrédients d'un mélange détonant qui mijote tranquillement en attendant que quelqu'un allume la mèche, tandis que d'autres s'emploient tant bien que mal à désamorcer la charge au risque de s'y brûler les mains. Le grand ménage est en vue. Il ne s'agit même pas d'un plan concerté. Les « décideurs » n'ont pas voulu jouer les machiavels au petit pied. En ces temps de libéralisme sauvage, l'impéritie, la négligence, le laisser-aller ont fait office de stratégie.

Cartes postales

Belleville a une longue histoire, jalonnée de révoltes populaires, de soubresauts de désespoir contre la misère et le dénuement, mais aussi, dit-on, de joie de vivre, de fraternité ouvrière, de solidarité. De tout temps, les immigrés y ont été nombreux. Ils auraient sans doute préféré s'établir du côté de la Muette ou de l'Opéra, si on leur en avait laissé le choix. Aujourd'hui, on condamne leurs descendants à l'exil, quelque part du côté de la Grande Borne ou aux Quatre Mille de la Courneuve. Ils font tache dans le nouveau décor.

Ils étaient arrivés par vagues successives, de tous les coins du monde, chassés par les persécutions, la guerre, les pogroms, les massacres, ou tout simplement pour ne pas crever de faim dans leur pays d'origine. Belleville les accueillait, bon an, mal an, à force d'habitude, en bougonnant sans doute un peu. Les strates humaines se sont ainsi déposées sur ce quartier, où l'on a parlé, où l'on parle encore bien d'autres langues que le français, et l'ont modelé dans le chaos, au point qu'il est devenu une légende, un exemple que l'on ne se prive pas d'invoquer, à tort et à travers. L'histoire de Belleville, de ses coups de colère, de ses barricades, de ses dimanches sous la tonnelle des jardins ouvriers, de la dignité si souvent bafouée des pauvres gens qui y avaient trouvé refuge, impose le respect mais ne se prête guère à l'imagerie d'Épinal dont les marchands de poudre aux yeux voudraient nous éblouir...

Voilà en effet que Belleville, ce Belleville de légende, devient à la mode. On s'arrache les albums de photographies anciennes, les cartes postales, toutes empreintes de nostalgie, qui nous montrent un Paris de rêve, avec ses courettes fleuries, ses artisans bourrus, ses marchandes de quatre-saisons à la poitrine généreuse, ses gosses de la rue, gavroches maigrichons et insolents, ses cafetiers et ses cochers. Elles ont le charme des images d'un passé dont on se plaît à évoquer les douceurs. Qui peuvent-elles séduire ? Les nouveaux occupants des lieux, pardi ! Claquemurés dans nos clapiers de luxe, protégés de la racaille par nos digicodes, nos systèmes d'alarme, nous rêvons au temps où la rue était « conviviale », où Belleville n'était pas encore devenu un sinistre clone de la banlieue. Il m'arrive parfois de feuilleter les albums de Willy Ronis. Je me laisserais presque attendrir.

Au-delà des apparences idylliques, quelle détresse ! Pensez donc ! Qu'elle était belle, la rue des Envierges, aux pavés disjoints et luisants sous la pluie, quand les gamins tuberculeux y crachaient leur sang ! Comme ils étaient séduisants, les escaliers moussus de la rue de la Mare, du temps où les « yids » s'entassaient dans les soupentes, où les Arméniens dansaient devant le buffet ! Qu'il faisait bon vivre, dans ce Paris désormais disparu, à l'époque où les moricauds rescapés du massacre de 14-18 – chair à canon déportée des colonies, hébétée, hachée par la mitraille – tendaient leur sébile dans les flonflons des bals patriotiques ! Comme ce devait être doux de prendre le funiculaire du faubourg du Temple pour regagner le taudis rongé par les poux, la gale et les punaises, après une journée de travail de plus de douze heures ! Qu'elles devaient être charmantes, et pittoresques, « gouailleuses », n'est-ce pas, les putains de la place des Fêtes, elles qui, épuisées après des journées entières à s'user la santé au tapin, s'installaient à califourchon sur des bidets de fortune pour avorter, et qui parfois finissaient par mourir d'hémorragie, la main encore crispée sur l'aiguille à tricoter qu'elles s'étaient enfoncée entre les cuisses...

Malgré toute cette misère, Belleville était une véritable terre d'accueil et de fraternité, dont les habitants savaient se reconnaître les uns les autres. Un fleuve de béton a noyé ce paradis modeste et discret. Mieux vaut ne plus en parler.

La Bande à Nique-ta-mère

Ils ont été prévoyants, et avisés, les technocrates qui ont remodelé l'espace bellevillois au début des années 80. Architectes, sociologues, urbanistes, ils ont dû se réunir autour de jolies petites maquettes de carton agrémentées d'arbrisseaux de plastique, pour confronter leurs points de vue. Je les imagine, fiers de leur joujou, si sérieux, si doctes... Pensez donc ! Ils avaient balayé d'un coup d'un seul un fatras de vieilles bâtisses qui prétendaient encore tenir debout, réduit à néant ce que la vie s'était acharnée à construire, avec ses matériaux à elle : la sueur, le hasard, la souffrance, le travail, les accidents de travail, les rires et les peines, la générosité, la jalousie, l'avarice, le vin rouge, les scènes de ménage, les coups dans la gueule, la maladie, la tendresse et l'amour, les cris d'enfants, les radotages des vieux... Toute cette poussière d'humanité patiemment décantée au fil des années s'était incrustée dans le moindre interstice de la pierre, s'y était enracinée avec la patience aveugle du chiendent prenant possession de son misérable carré de terre sale. Monsieur l'architecte, Monsieur l'urbaniste, Monsieur le sociologue n'ont pas supporté. Dans les écoles d'horticulture, on apprend à exterminer le chiendent. Ils ont pris des leçons. Un trait de marker sur un paperboard, quelques hachures tracées d'une main nerveuse, aux ongles manucurés, une bouffée de Dunhill, une coupe de champagne, quelques rires discrets, entre gens de bonne compagnie : le chiendent n'avait aucune chance. Le résultat est là, devant mes yeux. « Le nouveau Belleville ». Une caricature de ville, mauvaise esquisse, bâclée, une copie nulle, qui ne mérite qu'un zéro pointé. Une farce de mauvais goût. Il faut tout recommencer, à partir de ce qu'on nous a légué. Attendre que la vie reprenne possession des lieux, avec ses inventions, parfois surprenantes, sa fantaisie... Belleville n'est pas un exemple isolé. L'épidémie de bétonite aiguë a fait florès. Monsieur l'architecte, Monsieur l'urbaniste, Monsieur le sociologue ont même perfectionné leur technique, avec un sens éprouvé de la mise en scène. Ces gens-là se piquent de « communication ». Dans les banlieues lointaines, sauvages, ils convient la population à d'étranges agapes. On réunit la pauvraille à grand renfort d'annonces médiatiques. Et, devant ses yeux ébahis, crédules, émerveillés, on dynamite une tour, une barre d'HLM qui s'effondre sur elle-même, dans un grand nuage de poussière. Un édile lit son discours, d'une voix secouée de trémolos. « Voyez où vous avez vécu, braves gens ! C'était laid, n'est-ce pas, sordide et inhumain. Eh bien, c'est fini ! Applaudissez la nouvelle politique de la ville ! »

À Belleville, le chiendent est revenu bien plus tôt que prévu. Tout est lisse, pourtant. Le terrain est compartimenté, l'espace fractionné avec une rigueur toute mathématique. On nous a montré où dormir, où acheter les surgelés, où emmener jouer les gosses... rien n'a été laissé au hasard. Mais le chiendent est revenu. Les cités HLM de la rue Julien-Lacroix, de la rue Piat, de la rue Rébeval, de la rue Jules-Romains ont fait le plein. Des familles du terroir, aussi bien qu'immigrées, s'y sont installées. Leurs enfants ne fréquentent guère les bibliothèques, les clubs de théâtre, les divers ateliers de création. Quand ils sont repus des séries que leur sert la télévision, ils n'ont plus que la rue et un ballon de foot pour assouvir leur besoin d'évasion. Il restait encore quelques terrains vagues où ils pouvaient se réunir, mais le terrain vague est une espèce en voie de disparition. La piscine et la patinoire Pailleron, toutes proches, sont menacées de démolition. Le terrain sur lequel elles sont situées, à deux pas des Buttes-Chaumont, est sans doute d'une grande valeur et c'est un véritable gâchis de le réserver à des installations de loisirs alors qu'on pourrait grassement se remplir les poches en y érigeant une tour... Derrière les façades des nouveaux ensembles construits aujourd'hui, on peut découvrir des jardins privatifs soigneusement dissimulés aux regards. Les promoteurs de la longue barre d'immeubles qui se dresse le long du boulevard de la Villette, entre le carrefour Belleville et la rue Rébeval, avaient même eu le culot de promettre aux acheteurs des appartements que le petit square qui flanque l'ensemble leur serait strictement réservé. Il fut question d'en interdire l'accès aux autres habitants du quartier. Pourquoi ont-ils renoncé à cette provocation ? Un sursaut de générosité ? Un remords subit ? La crainte du tollé ? Je ne sais.

Place Marcel-Achard, rue Hector-Guimard, derrière le siège de la CFDT, s'étend donc une vaste esplanade goudronnée qui descend en pente douce vers une fontaine, et que prolonge un square. Elle est aménagée pour la détente. Des tourniquets, des cabanes pour les enfants y ont été installés. Au printemps, les arbres sont en fleurs. La bande à Nique-ta-mère s'est emparée de cet espace. Elle est célèbre dans tout le quartier, la bande à Nique-ta-mère. Elle ne s'appelle pas vraiment

ainsi, évidemment. C'est moi qui lui ai attribué ce sur-
nom, à son insu, bien avant que l'on ne parle du groupe
NTM et des mésaventures judiciaires de son leader Joe
Starr, et pourtant je suis persuadé qu'elle s'y reconnaîtrait volontiers. « Nique ta mère », le cri de ralliement,
braillé *sotto vocce*, retentit à tous les coins de rue, à
tout instant du jour, et, en été hélas, jusque fort tard
dans la nuit... Il faudrait pouvoir en restituer la phoné-
tique exacte, quelque chose comme « Nik thôô méérr »,
les variantes sont nombreuses et s'accompagnent d'un
geste du majeur, éloquemment pointé vers le ciel dans
un simulacre d'érection qui vient souligner l'extrême
délicatesse du propos.

Des adolescents désœuvrés, à la dérive, qui ne fréquentent plus guère le collège et les SECPA chargées
de les accueillir, ou de jeunes adultes qui ont déjà l'âge
de s'inscrire à l'ANPE ou de postuler au RMI traînent
dans la rue du matin au soir, les mains dans les poches,
dans l'espoir de tuer le temps de la façon la moins
désagréable qui soit. Fatalement, quand on a cassé une
ou deux rangées de boîtes aux lettres, quand on s'est
fait sortir du supermarché après y avoir « taxé » quelques babioles, on ne sait plus quoi faire, nique ta mère !
Alors on « zone ». On se réunit dans le square de la
place Marcel-Achard. On écoute une vague cassette.
On pisse sur les troènes, ils sont là pour ça. On fonce
à mobylette le long des allées, à toute berzingue, tant
pis pour les mères de famille qui sortent de la crèche
avec leur bébé dans les bras ; elles n'ont qu'à s'écarter,
nique ta mère, la meuf ! Un autre jeu très prisé consiste,
une fois la nuit tombée, à déglinguer les réverbères.
Un bon coup de pied sur le support, et l'ampoule, tout
là-haut, ne tarde pas à vaciller. Elles ont, semble-t-il,
été prévues pour cet usage. Elles font en effet mine de
rendre l'âme, s'éteignent quelques minutes puis se ral-

lument lentement, sournoisement. Aucune importance.
Chez les Nique-ta-mère, on ne se décourage pas pour
si peu. À force de remettre ça, soir après soir, on en
viendra bien à bout. Nique ta mère, l'ampoule !

Les nuits de grande fiesta, c'est le rodéo des scooters
qui commence. Le fin du fin consiste à prendre tout
son élan pour se servir des rebords de la fontaine
comme d'un tremplin. L'engin rebondit en raclant du
pot d'échappement sur le bitume, dans une grande
gerbe d'étincelles. On recommence, une fois, dix fois,
vingt fois. Le pot d'échappement est définitivement
« niqué » ; il produit alors un vacarme tonitruant dont
les échos se répercutent à l'envi sur les hautes façades
du siège de la CFDT, lesquelles offrent une caisse de
résonance inespérée. C'est la fête à Nique-ta-mère !
Parfois encore, c'est une moto qui entre dans la danse.
La pétarade n'en est que plus vive. On se la repasse de
main en main, histoire de partager le plaisir. On sirote
des cannettes de bière qu'on casse ensuite sur le macadam. Les heures s'écoulent ainsi, paisibles et heureu-
ses. Mais voilà qu'une autre bande vient à traîner dans
les parages. Une petite baston pour se dégourdir les
jambes : rien de tel !

– Vas-y, nique ta mère, nique la chatte de ta mère !

La réponse, immédiate, peut paraître ésotérique aux
oreilles non averties...

– Quoi, quoi ? Vas-y la-cui, c'est oim qui la nique,
la teuche de ta reum, et bien profond ! La vérité !

On sort les couteaux. Le quartier devient « chaud ».
Une patrouille de police ne tarde généralement pas à
entrer dans la danse. Nique ta mère, v'là les keufs !
C'est la débandade, mais de toute façon, il était l'heure
d'aller se coucher. Le lendemain matin, le square est
jonché de débris de verre. Une carcasse de scooter
achève d'agoniser au beau milieu d'une flaque d'huile.

Les riverains serrent les dents, haussent rageusement les épaules. Les militants du Front national n'ont pas besoin de mouiller leur chemise. La bande à Nique-ta-mère a déjà fait le travail. Aucuns frais. Pas d'affiches, pas de tracts, pas de journaux. Rien ne vaut la propagande par l'exemple. Parfois, quand l'exaspération est à son comble, les cris fusent des balcons et des fenêtres qui entourent le square Marcel-Achard. Les affidés de la bande à Nique-ta-mère répondent par leur slogan favori, qui sert à la fois d'injure, de programme et d'argument.

À voir ce spectacle qui se reproduit quotidiennement dès le début du printemps jusqu'aux derniers beaux jours d'automne, on est tour à tour saisi de pitié et de colère. Ces gamins auxquels on n'a offert aucune béquille pour les aider à clopiner dans leur vie de galère, aucun autre loisir que de traîner dans la rue, aucune autre perspective que celle du chômage, ont peu à peu dérivé vers une marginalité minable, propice à tous les égarements. Ils ont élaboré un petit folklore de pacotille, pitoyable. Les signes de reconnaissance sont galvaudés. Le verlan, malgré la pauvreté de ses inventions, sert de dialecte usuel ; c'est maigrichon et tristounet, mais de toute façon, on n'a pas grand-chose à se dire. Les films américains, quelques clips de rap, sans oublier les vidéos gore, bornent l'horizon culturel. Une journaliste de *Libé* a récemment écrit un livre sur la caillera – la racaille en verlan –, érigeant le phénomène au rang d'« intifada des banlieues ». Rien que ça, voyez-vous ! Il y aura toujours des observateurs complaisants pour évoquer de nouveaux codes sociaux, une esthétique de la marginalité, la bande en tant que ciment de nouvelles solidarités... Intifada ? Foutaises ! Il n'y a pas de révolte, uniquement la rage de l'impuissance. Avec, pour tout avenir, au mieux une place de livreur de pizzas, au pire des séjours à répétition derrière les barreaux. Combien de ces gamins mourront dans les commissariats, victimes désignées à l'avance de toutes les bavures, condamnés au délit de sale gueule ? Un tabassage trop appuyé, voire un geste maladroit de l'inspecteur qui nettoie son arme...

Les joyeux drilles de la bande à Nique-ta-mère sont dans une écrasante majorité d'origine maghrébine. Leurs méfaits, au demeurant assez anodins bien qu'horripilants à force de répétition, emplissent une chronique haute en couleur, transmise de bouche à oreille.

— Vous avez vu ce qu'ils ont encore fait hier soir ?
— Qui ça, ils ?
— Mais... heu... les bronzés !

On rougit d'avoir lâché le mot, on le regrette aussitôt, mais après tout, puisque c'est plus commode, plus rapide de s'exprimer ainsi... Il faudrait dire la bande-de-jeunes-victimes-de-l'exclusion ? Bien sûr. Mais le pli est vite pris, et puis après tout, autant appeler un chat un chat, n'est-ce pas ? Le racisme s'enracine d'abord dans les mots. Ensuite, quand ils ont fermenté, quand ils ont dégorgé tout leur jus fétide, on en vient aux actes. Ou on laisse à d'autres le soin de le faire.

De nombreuses pétitions ont été signées par les riverains, dans l'espoir de calmer les excités de la bande à Nique-ta-mère. Leur rédaction a fait l'objet de laborieuses tractations sémantiques. Diable, on n'est pas à Chanteloup-les-Vignes, ni à Montfermeil, ici ! Nous autres Bellevillois de fraîche date sommes entre gens de bonne compagnie. Nous n'avons rien en commun avec les « petits Blancs » aigris qui se vengent de leurs frustrations dans l'isoloir, lors des consultations électorales... Dans mon immeuble vivent des professeurs, des journalistes, des cadres, des juristes. Chacun y a regardé à deux fois avant d'apposer son paraphe. Les formulations choisies étaient évasives, consensuelles à souhait... Mais dans la tête de chacun, les trublions qu'il s'agissait de dénoncer avaient bien le cheveu crépu et le teint basané. En face, on pense céfran = cistra, français égale raciste, c'est net, carré et sans bavures. Et la boucle est bouclée. Nique ta mère !

Les têtes pensantes de la mairie du 19e se sont penchées sur le problème. On a longuement réfléchi dans les salons lambrissés. Dame ! si le citoyen qui habite « bourgeoisement » son F5 en vient à s'émouvoir, il se pourrait bien qu'il songe à déserter l'isoloir en guise de représailles, ou pire encore. Quand le grand méchant loup rôde dans les bois, il faut rassurer les petits cochons ! On a donc dépêché sur le front bellevillois des spécialistes de la dissuasion anti-beur. Les jardins de la rue Rébeval serviraient de repaire aux vauriens ? Scrogneugneu, l'affaire est d'importance ! Qu'on les entoure de grilles munies de piques, qu'on les cadenasse ! Aussitôt dit, aussitôt fait ! Et les têtes pensantes retournaient à leur somnolence d'après-dîner. Las ! à peine le haricot de mouton était-il digéré qu'elles entendaient sourdre une nouvelle rumeur, venue des confins du royaume municipal : Comment ? La place Marcel-Achard, envahie par cette bande à Nique-ta-mère, des gens sans foi ni loi, originaires d'Arabie ? À l'assaut ! Qu'on y envoie la force publique ! Et qu'on mine le terrain par toutes sortes d'artifices, afin que l'ennemi ne puisse plus y établir ses campements ! Tel est notre bon vouloir !

Les malheureux pétitionnaires de la rue Hector-Guimard virent alors se déployer des bataillons de terrassiers, secondés par quelques unités blindées de bulldozers et de marteaux piqueurs. Le square fut prestement anéanti. Là où il y avait des bancs, un petit espace où les gens du quartier aimaient à se retrouver, il n'y a plus rien. Les Maures pourront s'asseoir par terre, si ça leur chante ! Des arbres au tronc robuste, judicieusement plantés en chicane, les empêcheront de jouer au foot ! Quant au revêtement de couleur mauve qui a remplacé le gravier, il semble avoir été conçu par le rabatteur d'un service de chirurgie orthopédique en mal de clientèle, tant il est glissant. Le premier gamin qui y risquera son skateboard aboutira sans coup férir à l'hôpital Trousseau !

Il suffisait d'y penser. Le square pose problème ? Eh bien, c'est très simple : supprimons le square ! Ubu est roi. De même pour la fontaine ! Son concepteur n'aurait certes pas mérité un premier prix de Rome. L'œuvre était de forme ronde, évasée et munie d'un jet central, lequel n'a jamais fonctionné correctement. Un crachotis d'eau verdâtre tentait désespérément de s'élever dans les airs mais finissait toujours par renoncer devant l'ampleur de la tâche. Le filtre qui aurait dû en garantir la limpidité tombait perpétuellement en panne, si bien qu'une grande mare gluante, putride et nauséabonde clapotait au gré du vent dans le bassin. C'était Belleville-Plage, un succédané de la grève de Portsall après le naufrage de l'*Amoco-Cadiz*. L'été, des Africaines en boubou s'asseyaient tout autour, et bavardaient en laissant s'y ébattre quantité de marmots. Les plus dégourdis traversaient la rue, chipaient des débris de plaques de polystyrène à la poissonnerie de l'Océan, et confectionnaient des voiliers de fortune en y plantant des tiges de cageot en guise de mât. Un beau jour, les Africaines ont disparu. La marmaille qui pataugeait dans ce cloaque a-t-elle été atteinte d'une variante locale de malaria ou de bilharziose, fatale à son épanouissement ? Nul ne le sait. Toujours est-il que la fontaine s'est tarie par suite de décision municipale. Désormais vidé de sa fange, le bassin, récuré par les employés de la voirie, offrait une attraction des plus séduisantes pour les amateurs de motocross qui n'attendaient pas mieux pour se livrer à leurs acrobaties. Il suffisait de foncer droit dessus, la poignée dans le coin, pour rebondir gaillardement d'une berge à l'autre de la mer morte ! La pollution, jadis microbienne, devenait sonore. Jamais à court d'idées, les têtes pensantes de la mairie trouvèrent aussitôt la parade ! Elles firent déposer au fond du bassin vide une dizaine de grands blocs de granit, de forme parallélépipédique, agencés en quinconce ! Ils tueraient sur-le-champ l'imprudent qui s'aviserait de lancer sa mobylette à l'assaut de leur relief aux arêtes tranchantes. Le beur motorisé rumine sa rancœur en faisant rugir son engin à plein régime tout autour de la fontaine désaffectée, mais ne s'aventure plus dans ses profondeurs. La bataille fut gagnée. Les têtes pensantes de la mairie purent tranquillement préparer les colis de Noël, nouer des rubans autour des boîtes de crottes de chocolat qu'ils destinent aux petits vieux afin de s'assurer une tranquille réélection. La démocratie se pare de tous ses fastes.

Le monde souterrain des parkings

Il serait injuste d'accabler outre mesure les concepteurs du nouveau Belleville. Les immeubles qu'ils ont construits sont confortables. On pourrait gloser à l'infini à propos de leur esthétique simplette, railler le « déficit » d'invention, se gausser du manque d'audace, bref, persifler, mais c'est inutile : le mal est fait. Il y a cependant une des traditions du métier à laquelle nos modernes bâtisseurs de cathédrales bétonnées n'ont pas failli...

Les manoirs médiévaux possédaient une crypte, glacée et secrète comme il se doit. Des grimoires y étaient enfouis, des fantômes y rôdaient ! De même, les maisons bourgeoises s'enorgueillissaient de posséder des greniers touffus, où pouvait dormir la mémoire familiale, avec ses trésors oubliés, ses coffres lourds de souvenirs, ses malles de cuir ; on pouvait y trouver, enfouies parmi des dentelles fanées, les lettres d'amour de la tante Louise, les photographies jaunies du voyage à Venise de l'oncle Gustave. Les immeubles hausmanniens, quant à eux, se contentaient en guise de boîte à malice des derniers étages dévolus aux chambres de bonne, lieux de haute débauche, propices à abriter les amours ancillaires...

Bref, les architectes du temps jadis avaient pris soin de ménager autant de recoins ténébreux, autant de refuges insoupçonnés où leurs contemporains pouvaient donner libre cours à leur soif de fantaisie. Aujourd'hui, c'est dans les parkings souterrains qu'il faut aller chercher l'aventure. Les pelleteuses ont fouillé la glaise et le calcaire pour y creuser d'énormes excavations, profondes de plusieurs dizaines de mètres. Le béton armé y a modelé de fabuleuses cavernes, des corridors labyrinthiques qui s'étendent sur des hectares entiers. On y pénètre grâce à des ascenseurs garnis de clés de sécurité. Voici les catacombes « hig-tech », avec leurs portes qu'actionnent des cartes magnétiques, leurs néons livides, leurs émanations méphitiques de gasoil ! La nuit, les voitures dorment. Les pistons, les bielles, les vilebrequins, les délicats engrenages des boîtes de vitesses goûtent un repos de courte durée. La mécanique encore tiède va de nouveau subir le supplice de la roue, comme chaque matin.

Dès les premières heures du jour, le Bellevillois descend dans l'aven pour aller chercher son automobile. C'est une curieuse procession, silencieuse, furtive, au rite immuable. L'un après l'autre, les fidèles se faufilent dans les sous-sols, la mine terreuse, le visage encore chiffonné de sommeil. Chacun tient sous son bras le boîtier amovible de son autoradio. Puis c'est la lente remontée vers la lumière du soleil, le long des rampes pentues et bordées de tas d'ordures qui font figure de concrétions. La poussière est reine ; elle se dépose en longues traînées noirâtres sur les murs. Blattes et cafards fuient dans le plus grand désordre, effrayés par la lueur des phares. Une grille s'ouvre, son battant barbouillé de cambouis grince en s'élevant pour libérer le passage. Les cerbères des lieux, accompagnés de chiens, veillent sur les portes de l'Enfer. À l'abri dans une guérite ornée de photos de pin-up, ils somnolent, bercés par la ritournelle soporifique émise par leur transistor.

Les parkings sont immenses. Quatre niveaux, des kilomètres de couloirs, des milliers d'emplacements balisés par des marques de peinture jaunâtre. Un domaine incontrôlable. C'est le royaume des marginaux de tout poil. Tout là-haut, dans les étages, dorment les nantis. La ville souterraine commence à s'animer alors que les douze coups de minuit ont sonné sur les écrans cathodiques, dès la fin du générique du journal de la nuit. Les voleurs à la roulotte envahissent les lieux, à la recherche d'une maigre pitance. Ils feintent pour déjouer la surveillance, s'infiltrent à la sauvette dès qu'une voiture franchit un portail et errent à la recherche du butin : un sac à main oublié, un vêtement, une couverture. L'hiver, les clodos s'y faufilent pour dormir au chaud et cuver leur pinard. Les junkies peuvent s'y piquer en paix ; on retrouve des seringues abandonnées, des cuillers, des écorces de citron, tout le misérable attirail de la défonce.

Inévitablement, cette plèbe ne peut s'empêcher de rêver aux trésors qui s'amoncellent au-dessus de sa tête. Téléviseurs ! Fours à micro-ondes ! Ordinateurs ! Quel luxe, quelle débauche ! La tentation est trop forte. Tapi dans les limbes, condamné à ruminer sa misère, le *lumpen* amorce une remontée vers le jardin des délices. Il suffit de forcer une porte pour faire main basse sur les richesses qui lui sont interdites. La distance est courte. Quelques marches. Un simple étage pour toute frontière. Pour contenir ce flot menaçant qui bouillonne dans les bas-fonds, les gérants d'immeubles rivalisent d'invention : serrures renforcées, blindages, sas équipés de code, interphones, tout est fait pour garantir l'étanchéité entre les deux mondes, celui de l'opulence et celui du dénuement.

Les spécialistes des rubriques sociologiques parlent souvent de « société duale ». Ils l'entendent pour ainsi dire sous un angle « horizontal » : au centre des villes, une population à même d'accéder à la propriété des appartements ou de régler des loyers élevés et, à la périphérie, le magma des RMistes ou des smicards parqués dans leurs ZUP. Grâce aux abris qu'offrent les parkings de Belleville, il faudrait ainsi y ajouter une dimension « verticale » ! Les gosses de Bogota ou de Mexico glanent leur pitance sur les décharges monstrueuses qui bordent la cité et sont ainsi contraints à d'incessantes allées et venues entre le bidonville où ils croupissent et les monceaux d'ordures qu'on leur abandonne. C'est sans doute un progrès de condenser le processus sur un seul conduit d'ascenseur.

Ce n'est pas *Metropolis*, puisque le réalisateur avait imaginé que la sous-humanité réduite à l'esclavage dans les limbes travaillait au bien-être des surhommes batifolant à la surface. Dans sa vision prémonitoire, l'ami Fritz avait tout simplement inversé les rôles : aujourd'hui, la société d'abondance abandonne ses déchets que la pauvraille récupère au bas des conduits de vide-ordures !

La CFDT

Le siège du syndicat se dresse au carrefour du boulevard de la Villette et de la rue de Belleville. C'est un immeuble imposant, sans caractère, dont le crépi prend parfois des teintes roses, les jours où le temps est orageux, quand le soleil filtre à travers les nuages charbonneux. L'arrière du bâtiment fut tout d'abord protégé par des grilles mais on les renforça très vite par un muret métallique : en effet, les bosquets et le jardin en forme de labyrinthe qui l'agrémentent attiraient les gosses qui allaient y jouer après s'être glissés entre les barreaux. Seuls les plus petits pouvaient se livrer à de telles contorsions et pénétrer ainsi dans l'enclos interdit. Intolérable ! Ce muret sert aujourd'hui de pissotière improvisée pour les paumés qui errent dans le quartier, mais il m'est arrivé de voir des messieurs fort bien mis fourrager furtivement leur braguette et se soulager en arrosant ainsi la verdure que le paysagiste a placée là, par souci charitable, pensant égayer le cadre de vie de l'aristocratie des lutteurs de classes auxquels le bâtiment sert de repaire.

Ils arrivent le matin, avec leur attaché-case, la mine sévère, et s'en vont le soir, fourbus, la tête pleine de rêves de Grand Soir très sage. De mes fenêtres, je les vois se réunir, palabrer, s'activer sur des ordinateurs, boire un gobelet de café en fumant une cigarette, plantés en grappes au détour d'un couloir. J'ignore quels complots se trament derrière les doubles vitrages. De même, ils doivent observer l'immeuble en vis-à-vis, le mien, lors de leurs moments de désœuvrement. Ils me voient traîner durant la matinée, déjeuner sur le balcon dès que le temps le permet, lire le journal. Qui sait, peut-être me prennent-ils pour un nanti et nourrissent-ils à mon égard de très noirs desseins ? Durant quelques années, j'eus même pour voisin de palier le secrétaire général en personne. Affable, courtois, discret, il me saluait d'un sourire quand nous nous croisions devant la rangée de boîtes aux lettres.

Le midi, je déjeune parfois dans un restaurant voisin. Les lutteurs de classes, du moins certains d'entre eux, dédaignent la cantine de la maison mère – je présume qu'il en existe une – et vont se détendre devant un canard laqué ou une chachouka. Sans qu'ils s'en doutent, dès que j'en ai l'occasion, et si l'acoustique du lieu l'autorise, j'écoute leur conversation. Il est rarement question de grève ou de drapeau rouge, dans ces échanges impromptus ; j'oserais même dire que ça fleure le complot de corridor, que ça empeste la manœuvre d'appareil... En quelques phrases dûment entrecoupées de « j'veux dire », de « quelque part », d'« en dernière analyse », j'en apprends de belles sur le secrétaire de la fédé X, le trésorier de la section Y, ou sur les appétits carriéristes du président du bureau de congrès de la branche Z ! Tout cela à voix basse, bien sûr. Les yeux plongés dans une revue, j'ouvre grandes mes oreilles, par pure perversion. Ces ragots ne m'intéressent pas, mais le simple fait de les glaner par une sorte d'espionnage débonnaire me remplit de joie. Il ne faut se priver d'aucun des petits plaisirs de la vie. Parfois même, et c'est jour de chance, j'assiste à la naissance d'une charmante idylle ; la main d'un de ces farouches défenseurs de la classe ouvrière effleure celle de la camarade qu'il a invitée à dîner...

Un jour, évidemment, mon fils m'a demandé ce que faisaient les gens qu'il voyait lui aussi discuter à longueur de journée, là, en face de chez nous. J'ai tenté une explication. Le patron, le prolétaire, l'exploitation, les mots venaient sur mes lèvres, très naturellement. Mais allez donc expliquer la chute tendancielle du taux de profit à un enfant de six ans et demi ! Il m'écoutait avec une sorte de patience affligée. Quelques semaines auparavant, une manif antiraciste était passée par là, manif à laquelle j'avais participé. Les banderoles, les chants, les camionnettes ornées d'affiches, la foule rassemblée l'avaient beaucoup impressionné. Du coup, les messieurs en chemise et cravate du siège de la CFDT, dont le métier est de défendre l'opprimé, ainsi que je le lui expliquai, acquirent un certain prestige à ses yeux. J'ai jugé bon d'en rester là.

Et pourtant... sous ce bitume qu'ils foulent quotidiennement pour se rendre au bureau sont enfouis les pavés du Belleville de la Commune. Les Versaillais s'en sont donné à cœur joie lors de la sinistre Semaine sanglante. Une des dernières barricades de l'insurrection fut dressée rue Ramponeau, là où l'on vend aujourd'hui taliths, mezouzzas et autres bondieuseries casher. Les chassepots crachaient la mort, et, après que les canons fédérés, installés sur les hauteurs des Buttes-Chaumont, eurent lancé leurs derniers boulets pour la défense de Belleville, la chasse à l'homme commença. Ce fut le carnage. Rue Rébeval, rue de la Mare, rue des Envierges, on massacra, on éventra, on tortura. Alors que les corps des suppliciés, pourrissant en pleine rue, empuantissaient l'atmosphère, Thiers télégraphia à ses préfets :

« Le sol est jonché de leurs cadavres, ce spectacle affreux servira de leçon. La cause de la justice, de l'ordre, de la civilisation a triomphé ! »

L'ordre, la justice, la civilisation ! La prose des massacreurs est toujours aussi ridiculement emphatique. À l'occasion de la commémoration du centenaire de cette tuerie, en 1971, j'ai défilé avec quelques dizaines de milliers de gauchistes qui remontaient la rue de Belleville en direction du mur des Fédérés. Nous levions le poing, fiers de nous souvenir de cette révolte des damnés de la terre, qui croyaient à la fraternité universelle, au bonheur, une idée neuve en Europe, comme le leur avaient eux-mêmes appris leurs prédécesseurs de 93. Certes, nous marchions un peu à côté de nos pompes. Le « remake » victorieux que nous appelions de tous nos vœux était des plus improbables, mais l'intention, elle, était irréprochable.

Et aujourd'hui, quand je surprends par hasard la conversation de ces si raisonnables délégués du personnel qui discutent de l'annualisation du temps de travail et des stock-options, je ne peux m'empêcher d'avoir un petit pincement au cœur. J'imagine volontiers les fantômes de Flourens, Delescluze, Blanqui, ces vedettes de l'insurrection, mais aussi ceux des presque anonymes, le cordonnier Puget, qui tenait échoppe rue Julien-Lacroix, le courtier en lingerie Charles Ostyn, établi rue Rébeval, ou le peintre sur porcelaine Émile Oudet, tous élus de Belleville, du Belleville de la Commune ; je les vois errer dans les rues, circonspects, s'arrêter à la devanture des épiceries chinoises, curieux, flâner devant la Vielleuse, nostalgiques... Ils rêvaient de monter à l'assaut du ciel. Leurs lointains descendants prennent l'ascenseur pour gagner le septième étage du siège de la CFDT.

La mort qui rôde

Mon fils adore jouer au docteur. Comme bien d'autres enfants, à l'occasion d'un anniversaire, il s'est vu offrir une mallette ornée d'une croix rouge et contenant stéthoscope, marteau à réflexes, compresses, etc. Tout l'entourage y est passé. Avec un imperturbable sérieux, il diagnostiquait à tout va, pansait, recousait des plaies imaginaires, rédigeait des ordonnances. J'ai été un malade exemplaire. Il m'a piqué à l'aide de la seringue, me vaccinant contre toutes les maladies possibles, dans un grand élan prophylactique.

Quelques mois plus tard, la rumeur est arrivée par le biais des informations télévisées : ailleurs, dans une cité de Perpignan ou de Metz, des enfants avaient trouvé une seringue, une vraie, et, eux aussi, avaient « joué au docteur ». L'un d'eux avait piqué l'autre, avec toutes les conséquences que l'on devine. Une rumeur est une rumeur. Mais les parents ont très vite réagi. Il a fallu prendre les enfants, un à un, les regarder droit dans les yeux, adopter un ton grave et leur expliquer qu'il ne faut surtout pas toucher à ces seringues qu'ils peuvent éventuellement voir traîner par terre, dans la rue. Brusquement, les craintes, que par égoïsme on croyait réservées à d'autres, ont pénétré dans nos têtes. Nous en étions réduits à la dure condition de banlieusards, de zupiens, d'indigènes des barres HLM des Francmoisins ou d'Aulnay-sous-Bois !

Belleville a toujours traîné une réputation sulfureuse. La présence d'une immigration forte et diversifiée, la misère sordide qui règne dans certains pâtés de maisons, l'histoire même du quartier ont alimenté bien des fantasmes. Quand j'ai expliqué à mon ancienne voisine, une brave restauratrice, que j'allais m'installer à Belleville, elle a poussé un soupir affligé et m'a souhaité bon courage. Elle-même n'y avait jamais vécu, mais « elle en avait entendu parler ». Les Bellevillois savent à quoi s'en tenir et n'ont jamais fermé les yeux sur les petits trafics qui se déroulent près de chez eux. Ils se contentaient de hausser les épaules d'un air entendu. La recrudescence du commerce de la drogue est en train de bouleverser les cartes. Des reportages télévisés ont montré à plusieurs reprises les rafles opérées rue de l'Orillon, rue du Faubourg-du-Temple, rue Ramponeau. Immeubles promis à la démolition, abandonnés et offrant leur hospitalité aux usagers de la seringue, palissades et tas de gravats qui fournissent autant de cachettes pour les sachets de dope, arrière-cours qui peuvent servir de voie de fuite : Belleville offre en plein Paris une topographie idéale pour ce genre d'activité. Les marchands de mort, qui opèrent au vu et au su de tout un chacun pour peu qu'on se donne la peine d'observer, ont pris leurs habitudes. La colère a monté, lentement. Le spectre du sida a aiguisé les craintes, les a démultipliées. La haine à l'encontre du dealer, mais aussi du camé s'est répandue... comme une traînée de poudre. Les signes de leur présence, aux uns comme aux autres, sont nombreux.

Des emballages de comprimés de Néo-Codion jonchent les trottoirs, et il faudrait être naïf ou piètre épidémiologiste pour s'imaginer que le microclimat qui règne entre le boulevard de la Villette et la rue des Pyrénées prédispose aux bronchites. Les clients des pharmacies ont pris l'habitude de rencontrer les junkies. À la tombée de la nuit, ils resquillent dans les files d'attente pour se faufiler jusqu'aux caisses et réclamer une seringue d'un ton où perce leur impatience. L'œil hagard, la mine pâle, ils empochent leur shooteuse d'une main tremblante avant de se ruer au-dehors. Personne ne proteste. On leur cède la place avec un mouvement de recul discrètement horrifié. S'ils s'affublaient de bonnets à clochettes pour signaler leur arrivée, le résultat ne serait pas plus spectaculaire. On les croise ensuite autour des immeubles où ils espèrent trouver un escalier accueillant pour se piquer. Si l'ascenseur n'est pas en panne, ils disposent ainsi d'un refuge où ils savent qu'on ne viendra pas les déranger. Les dispositifs de sécurité ne leur facilitent pas la tâche mais ils sont opiniâtres. Ils attendent qu'un locataire ou un visiteur composent le code pour pénétrer à l'intérieur du sas, et font mine de chercher un nom sur les fiches de l'interphone. Avec un peu de chance, le locataire qui rentre chez lui ouvre la seconde porte et leur libère ainsi le passage. À la suite de divers incidents de ce genre, les gens ont appris à se méfier et, s'ils l'osent, dissuadent les intrus de poursuivre plus avant. À deux numéros de l'immeuble où je vis est installé un cabinet médical. Les médecins sont contraints d'ouvrir directement la porte à quiconque vient à sonner, si bien que leur adresse s'est répandue dans la petite communauté des toxicos. La médecine a parfois du bon.

Les dealers opèrent en bandes, avec des guetteurs qui surveillent les parages, des rabatteurs qui drainent le client. La technique est éprouvée, rodée. Au carrefour Jules-Romains/Rébeval se dressent des immeubles

HLM qui pourraient servir de décor à un quelconque téléfilm sur la décrépitude de la banlieue la plus exotique. Les halls d'entrée sont copieusement tagués, les Plexiglas des portes défoncés, les rangées de boîtes aux lettres régulièrement saccagées. Des flaques et des rigoles d'urine parsèment agréablement les trottoirs, des carcasses de réfrigérateur, de machine à laver, de téléviseur attendent parfois que les services de ramassage municipaux se penchent sur leur cas. C'est le lieu de regroupement des bandes locales : Juifs séfarades, Arabes, Feujs et Beurs, comme ils disent ; les « Renois » sont aussi de la partie. Ces jeunes gens jouent au foot, discutent, s'engueulent, écoutent de la musique, réunis autour d'un ghetto blaster. Ce sont des adolescents, mais parfois les « grands frères » viennent les rejoindre. Apparaissent alors des voitures coûteuses, coupés décapotables, berlines allemandes, des motos puissantes qu'on dirait égarées en un tel endroit. Le deal s'effectue tout autour, sur les bancs, les pelouses anémiques, dans les couloirs. Les gens du quartier qui font leurs courses au supermarché de la rue Lauzun croisent paisiblement les junkies et ceux qui les ravitaillent ; ils détournent honteusement les yeux de peur de prendre un mauvais coup au cas où leur regard deviendrait trop insistant. Les flics de la voie publique ont bien d'autres chats à fouetter, et l'arrestation de dealers en flagrant délit requiert un savoir-faire, un matériel, des effectifs spécialisés bien au-dessus de leurs moyens. Ils sont néanmoins présents, et leur apparente indifférence envers les dealers, dont l'activité crève les yeux, ne fait que renforcer le sentiment d'abandon, de hargne que ressentent les riverains. J'imagine que, dans les étages de ces immeubles, les smicards ou les chômeurs, « français de souche », vitupèrent en silence les « bicots » qu'ils voient traîner en bas de chez eux, en compagnie des marchands de mort. L'équation étranger = drogue produit tous ses ravages en se chargeant de haine.

Les professionnels de la répression, la brigade des stupéfiants, quadrillent pourtant régulièrement les rues avoisinantes. Ils se livrent à une surveillance discrète, se dissimulent dans les entrées d'immeuble, communiquent entre eux grâce à de minuscules talkies-walkies. Leur objectif est de remonter les filières, de délaisser les fourmis pour tenter de coffrer les gros fournisseurs. Ils effectuent des filatures, établissent des trombinoscopes, mais leur action est très peu spectaculaire. Il m'est arrivé, à de nombreuses reprises, d'assister à une course-poursuite. Les dealers détalent à toute vitesse, et, la plupart du temps, ne commettent pas l'erreur de trimbaler de nombreuses doses dans leurs poches. Elles sont cachées dans les poubelles, les bosquets, les fissures des façades, si bien que juridiquement le délit est difficile à établir : le détenteur d'un ou deux grammes peut arguer qu'il n'est que consommateur, auquel cas il est relâché sans grands dommages.

Ce laxisme apparent des services de police, l'incompréhension des riverains devant ce qu'ils prennent pour de l'incompétence, alimente les pires des fantasmes de noyade sociale. Peu à peu, le sentiment s'impose qu'il n'y a rien à espérer de mieux, qu'il faut se résigner à vivre avec la pourriture. Les habitants des immeubles les plus exposés déménagent s'ils en ont les moyens, y compris ceux qui sont propriétaires de leur appartement. « Pas une famille qui ne tremble pour ses enfants ! » martèle la presse. Le procès des frères Roma, des Tunisiens célèbres à Belleville et qui avaient placé sous leur coupe les réseaux locaux, a mis en lumière le trajet de l'héroïne. La pègre de Hong Kong, qui dispose de relais à Amsterdam, importe la mort blanche du Pakistan ou de Thaïlande. Fathi et Rhida Oueslati, alias Roma, se chargeaient de la faire transiter jusqu'à Paris. Depuis leur emprisonnement, d'autres ont pris le relais.

À Belleville comme dans tous les quartiers concernés par le problème, on n'écoute guère les arguments des partisans de l'assistance aux toxicomanes, de l'ouverture de centres fournisseurs de produits de substitution. Une opération coup de poing, aussi tonitruante qu'inefficace, rassure davantage que cent discours. Les aboyeurs professionnels qui prétendent régler le problème d'un coup de menton rageur raflent donc tous les suffrages. Il faut bien reconnaître que, tant que durera le spectacle du dealer à l'œuvre au coin de la rue, du camé tirant le sac à main d'une petite vieille pour se payer sa dose, les développements pédagogiques des spécialistes de la prévention, si raisonnables soient-ils, n'auront aucune chance de passer. On peut gloser à l'infini sur la détresse du junkie et fermer les yeux sur les méfaits qu'il est contraint de commettre... Il y a pire encore. La crèche que fréquentait mon fils a été la cible des junkies. À plusieurs reprises, les puéricultrices ont trouvé des seringues dans les jardins où jouaient les petits. Au regard de la configuration des lieux – esplanade environnante, présence de grilles et de murs protégeant le jardin –, il est tout à fait exclu que ces seringues aient abouti là par hasard, qu'on les y ait jetées par inadvertance. Sans avoir calculé la trajectoire. Le geste a été, bien au contraire, délibéré, totalement intentionnel.

C'est devenu un lieu commun de dire que, dans certaines cités de banlieue, le délabrement social est tel que l'argent de la drogue sert à nourrir des familles entières. Le revendeur de seize ou dix-sept ans, qui gagne plus en un seul après-midi de deal qu'en un mois de RMI, empêche tout simplement les siens de crever de faim. Pour l'adolescent dont le père est au chômage depuis des lunes, dont le frère d'une vingtaine d'années vivote de stage d'insertion en petit boulot, le travail est une notion abstraite qui n'a plus aucun rapport avec la réalité.

Dès lors, la tentation de l'argent facile est trop forte. Pourquoi se priver du Chevignon et des Nike qu'on peut « taxer » sans trop de problèmes en rackettant à la sortie du collège voisin ? Et surtout, pourquoi cracher sur la thune du deal ? Peu à peu, le trafic se structure. Les indices de la mise en place de minimafias sont déjà perceptibles. Le folklore fascinant des bandes de Los Angeles, colporté par certains films, a fait des émules. Un rapport de Banlieuescopie signale l'existence dans le Val-d'Oise d'une certaine « Secte Abdullaï », structurée autour du deal. Chapeautée par un directoire d'idéologues, eux-mêmes secondés par un quarteron de « ministres » qui se répartissent les quartiers à contrôler, la secte arrose son secteur d'héroïne et prend soin de préserver une partie des bénéfices, qu'elle redistribue aux miséreux des cités où elle opère. Qu'en pense le maire de Sarcelles, Dominique Strauss-Kahn ? Rien, sans doute, il est trop occupé à expliquer aux députés de sa majorité plurielle qu'il faut renoncer à taxer plus lourdement les stock-options afin d'éviter une « fuite des élites » vers l'étranger...

On n'en est pas encore là à Belleville, mais le ver est assurément dans le fruit. Les premières escarmouches de la guerre ont commencé. Il ne faudrait pas avoir peur de la mener sous prétexte que l'ennemi s'appelle plus souvent Farid ou Mustapha que... Jean-Marie ou Bruno ! Il est illusoire, voire criminel, de se voiler la face au nom d'un angélisme antiraciste et de laisser pourrir la situation. Une pègre est en gestation ; tout porte à croire quelle n'aura rien à envier à celle d'outre-Atlantique. C'est une affaire de temps et de maturation. Les cités qu'on a laissées à l'abandon ont suffisamment mariné dans leur jus. On a longtemps cru que la misère qui y règne finirait par engendrer des explosions sociales comparables à celles du passé. Les militants en rêvaient. Sur l'écran rouge des ciné-clubs où tremblotaient encore les silhouettes des marins du *Potemkine*, Vaulx-en-Velin remplaçait Billancourt, depuis longtemps désespéré, comme chacun sait. Le brave Beur au teint basané rejoignait ainsi, au panthéon de la lutte des classes, le prolétaire à casquette du Front popu ! Les contes aident les enfants à s'endormir mais le réveil est parfois brutal. Les maléfices de la sorcière pleuvent dru, tandis que les coups de baguette magique de la bonne fée se font rares.

Depuis plus de trente ans que ces cités pourrissent sur pied, les responsables politiques pérorent. Mimi la Carnassière et Lulu la Respectueuse, ces deux filles de joie qui ont dépassé l'âge de la retraite, tapinent encore devant le micheton électoral, fatiguées, l'une sur le trottoir de droite, l'autre sur celui de gauche, la jupe ouverte sur leurs guibolles variqueuses et la trogne fardée au Rimmel démagogique. Décaties, fatiguées de baratiner le client, elles radotent en souvenir du bon vieux temps, sans se rendre compte que la rue menace de basculer sous la coupe de macs qui rêvent d'imposer une nouvelle règle du jeu. Bien plus cruelle.

Délateur

Voici quelques années, lors d'un printemps particulièrement clément, j'ai pu goûter la saveur amère de la délation... Plutôt que de rester enfermé, je travaillais sur le balcon, confortablement installé face à mon Macintosh, lunettes de soleil sur le nez. De temps à autre, je me levais pour me dégourdir les jambes, allumer une pipe, scruter sournoisement les fenêtres du siège de la CFDT où s'affaire cette mystérieuse humanité syndicaliste, porteuse de dossiers et de circulaires, sinon d'espoir. Je jetais aussi un coup d'œil sur le square de la place Marcel-Achard. Quelques rares oisifs, retraités ou chômeurs suivant l'âge, y traînaient, ainsi que des mamans surveillant leurs bambins. Au milieu d'eux, un jeune homme, vêtu d'une veste à carreaux, d'un jean et de mocassins. Il observait minutieusement les parages, tournant la tête de droite à gauche. L'arrivée d'un couple d'îlotiers, qui effectuaient une ronde de routine, le fit déguerpir. Pas pour longtemps. Il m'intriguait. Pour compléter mes informations, je poussai le vice jusqu'à descendre acheter *Le Monde* une seconde fois au kiosque voisin. Je croisai l'homme à la veste à carreaux et pus ainsi affubler d'un visage la silhouette que j'apercevais depuis chez moi. S'il m'intéressait à ce point, c'est qu'il se livrait à un

51

curieux manège en compagnie de quelques complices qui flânaient dans le square et ses alentours. De retour chez moi, je les repérai un à un, toujours grâce à quelques indices vestimentaires. D'autres venaient à leur rencontre, et se mettait alors en place un étrange ballet entre les visiteurs, l'homme à la veste à carreaux – le chef – et ses comparses. Gestes saccadés, incessantes allées et venues entre les bosquets du square et les abords de la CFDT. J'assistai à la scène de haut, sans qu'ils puissent me voir, sans même d'ailleurs qu'ils songent à s'inquiéter de ma présence si haut perchée. Ils étaient trop préoccupés par l'éventualité de l'arrivée d'une troupe à képis dans les parages, et ce genre d'avatar est rarement aéroporté. Leur inquiétude filait en quelque sorte à ras de terre. Erreur fatale. Comme un entomologiste à l'affût derrière les vitres de son vivarium, j'observai. Ces gens-là dealaient. On deale un peu partout à Belleville, mais rarement en plein jour. Et jusqu'alors pas en bas de chez moi ! J'en conçus une certaine colère, dont j'eus honte. Ce qui m'irritait, ce n'était pas que l'on deale, mais bien qu'on le fasse juste sous mes fenêtres. C'était inédit autant que scandaleux. Dérangé par le téléphone, j'oubliai pourtant l'homme à la veste à carreaux et ses acolytes. Il revint le lendemain après-midi, pour une séance analogue. Je ruminai ma colère. Complétai le portrait-robot du « chef », cette fois bien décidé à en découdre. J'envisageai même un instant d'emprunter un appareil photo muni d'un téléobjectif pour fixer sur la pellicule le visage de ces salopards, mais, de nouveau, des soucis d'ordre professionnel vinrent me distraire de ces préoccupations policières. Le troisième jour, à l'instar du célèbre canard, le dealer était toujours présent... Cette fois, je décrochai le téléphone pour appeler le commissariat. En quelques mots, je racontai l'affaire qui me préoccupait au planton de permanence au standard. Il me demanda mon nom et mon adresse avant de me prier de raccrocher. J'obéis. Cinq minutes plus tard, un OPJ me rappela. Je confirmai ce que j'avais déjà déclaré au sous-fifre. Je dus préciser mon portrait-robot.

– L'individu, celui que vous décrivez comme étant le chef ? De quel type ? demanda l'OPJ.

Je répétai ma description, insistant sur la forte carrure du personnage, la teinte verdâtre de son blouson, l'aspect délavé du tissu de son jean...

– De quel type ? insista le policier. Vous ne comprenez pas ?

– Maghrébin... lâchai-je dans un soupir.

– Arabe, donc ?

– Si vous préférez, je ne vois pas ce que ça change !

J'avais lancé ma réplique avec un soupçon d'irritation qui n'échappa nullement à mon interlocuteur. J'acceptais mon rôle de délateur mais je tolérais mal d'y associer la petite pincée de racisme que sous-tendait le propos du fonctionnaire embusqué là-bas, dans les locaux vétustes du commissariat central du 19e arrondissement, lequel prêtait pourtant une oreille attentive à mes récriminations. Oui, il n'y avait pas à tourner autour de je ne sais quel pot, le dealer était arabe. Moi, l'antiraciste encarté, je venais d'énoncer les mots tabous : arabe = délinquant. L'OPJ raccrocha en me promettant une intervention rapide. C'était fait, j'avais dénoncé un dealer, et, manque de pot – celui-là même autour duquel il ne faut pas tourner –, il s'agissait d'un Arabe. J'imaginais déjà les conversations des hommes en uniforme, enfermés dans leur car, en route jusqu'à chez moi...

– Alors, chef, on va coincer un bicot ?

– Ouais, ça lui écorchait la gueule, au type qui nous le balance, mais je lui ai fait cracher sa Valda !

Ils firent leur travail fort correctement. L'« individu de type maghrébin » fut fouillé sans violence aucune, et même avec une certaine civilité. Il engagea aussitôt avec les policiers une conversation que je ne pouvais évidemment pas entendre. À ses mimiques, je le vis jouer l'étonné. Toujours planté sur mon perchoir, je compris alors qu'il allait ameuter les passants, crier au délit de sale gueule, et peut-être s'en tirer avec un vague contrôle d'identité après un bref séjour au poste de police. Comme tout dealer qui se respecte, il ne détenait évidemment pas un gramme de dope sur lui ; les sachets de poudre qu'il proposait aux acheteurs étaient dissimulés dans les bosquets qui bordent la façade arrière du siège de la CFDT. J'empoignai aussitôt mon téléphone et, du balcon, j'entrai de nouveau en contact avec le commissariat pour transmettre ce renseignement que j'avais omis de donner lors de mon premier appel. Quelques instants plus tard, les hommes dirigés par l'OPJ fouillèrent lesdits bosquets et ne tardèrent pas à y trouver les « produits stupéfiants ». J'étais satisfait, l'opération avait été rondement menée. J'en avais été l'instigateur, avant que de la diriger, incognito, à l'abri de mon appartement douillet.

On me convoqua au commissariat pour signer une déposition. Je fus reçu par l'OPJ X (à présent, je connaissais son nom), un brave flic, pas raciste pour deux sous, je peux en répondre. La question « de quel type ? » était purement professionnelle. Homme de terrain, habitué à intervenir à Belleville, il ne lui était pas indifférent de savoir à qui il aurait affaire : du Bosphore au Mékong en passant par les rives du lac Burundi ou les berges de la Sarthe, le piéton de Belleville est rétif à l'approximation descriptive... L'OPJ me remercia chaudement d'avoir osé déclarer mon identité lors de mon premier coup de fil.

– Des appels de ce genre, on en reçoit vingt fois par jour, m'expliqua-t-il, seulement voilà, tout le monde se défile dès qu'on demande un nom ! Pas de nom, pas de témoin ; pas de témoin, pas de délit !

La déposition que j'avais signée, et qui attestait de ma surveillance trois après-midi durant, s'agissant des activités illicites d'un homme de type maghrébin porteur d'une veste à carreaux, se livrant au commerce de produits stupéfiants, ainsi que le stipulait le procès-verbal, permettait d'établir un dossier.

J'avais précédemment travaillé à un roman destiné à la Série Noire et qui avait pour cadre le palais de justice de Paris. J'étais allé à maintes reprises assister aux audiences de la 23e chambre correctionnelle, qui traite les affaires de ce genre en « comparution immédiate ». J'y avais vu des cohortes de pauvres types défiler dans le box des accusés, majoritairement pincés pour des affaires de deal, et servant au président du tribunal la sempiternelle litanie du hasard malencontreux...

– Voyons, monsieur X, si j'en crois le rapport de police, disait le magistrat, vous avez été surpris à trois heures du matin boulevard de Strasbourg, en train de vous débarrasser de plusieurs rations d'héroïne que vous aviez dissimulées à l'intérieur de vos chaussettes ?

– Erreur ! proclamait immanquablement le prévenu, je me promenais par là, et je me suis penché pour renouer mes lacets... j'y peux rien si y avait de la came dans l'caniveau !

– Et naturellement, juste à cet endroit-là ? ricanait le président.

– Pas de chance, hein ? plaidait monsieur X, avec une sincérité désarmante.

Les peines de prison ferme étaient prononcées à la fin de l'audience.

Le soir de l'arrestation de mon dealer, à la nuit tombée, j'observais le square de mon balcon. L'esplanade était déserte. Je ne pouvais m'empêcher de songer à l'homme-à-la-veste-à-carreaux-de-type-maghrébin. Il se morfondait dans une cellule du dépôt du palais de justice, dans l'attente de sa comparution, le lendemain, devant un substitut de la huitième section du parquet, qui trie le tout-venant de la délinquance quotidienne dans la capitale. Sans doute préparait-il sa défense avec les mêmes arguments désespérément maladroits. Ma déposition allait le faire plonger, à Fleury ou ailleurs, pour quelques semaines, voire quelques mois.

Dans les jours qui suivirent, je m'empressai de raconter l'anecdote à quelques amis qui accueillirent mon récit avec un sourire gêné, compatissant ou goguenard. Parmi ceux qui me sont proches, la délation est perçue comme un vilain travers. La bavure est si vite arrivée, n'est-ce pas ? Bien vite, en effet. Mais que devais-je faire ? Aller affronter seul le dealer et ses complices ? Convaincre quelques voisins de lever une milice ? Les exemples de « ratonnades » menées par des jeunes des cités, notamment dans la banlieue de Lille, se sont multipliés. Je me méfie de la « justice populaire » et préfère « inviter » la police à faire son travail quand il y a urgence.

Peu après, un matin, je trouvai une seringue abandonnée sur le bitume, rue Lauzun. Je la saisis délicatement pour l'enfouir dans un de ces réceptacles à déchets que M. Decaux met généreusement à notre disposition. De retour chez moi, je racontai l'incident à ma compagne, qui me fit remarquer que j'aurais pu prendre plus de précautions, à savoir envelopper l'objet dans un carton, de telle sorte que les clodos qui fouillent à qui mieux mieux dans les poubelles ne s'y piquent pas malencontreusement, avec les risques qu'on imagine. C'était sans doute vrai. Personne n'est parfait.

L'Américain

Je le croise souvent, en bas de la rue de Belleville. La cinquantaine obèse, le visage mangé par une barbe drue et noire, le cheveu hirsute, toujours attifé d'un pardessus gris, et probablement très chaud, quel que soit le temps, il arpente le bitume d'un pas conquérant, n'hésitant pas à bousculer l'imprudent qui viendrait à lui barrer le passage, fût-ce par inadvertance. Il porte immanquablement un gros sac de toile de jute dont je n'ai jamais pu voir le contenu. Ce n'est pourtant ni par sa mise ni à cause du mystérieux contenu de son baluchon qu'il s'est signalé à mon attention. L'homme parle. Haut et fort. Tout seul. Et il parle « américain ». À l'entendre, vous jureriez avoir affaire à un commentateur de CNN au moment du déclenchement de « Tempête du désert ». Longtemps j'ai cru qu'il s'agissait d'un illuminé fasciné par la langue US, qui n'en avait saisi que l'écume sonore, le phrasé nasillard, et qu'il lui plaisait de reproduire pour le simple plaisir de l'oreille. Un adepte du « grommelot », cet exercice fort prisé par certains artistes de music-hall. Le « grommelot » restitue la sonorité d'une langue, en imite les principales intonations, le débit, sans jamais, en principe, avoir recours à quelque mot directement issu de l'idiome visé, identifiable en tant que tel. Qui ne se souvient de Chaplin en uniforme de dictateur, imitant les beuglements du Führer dans une langue totalement inconnue mais ressemblant furieusement à l'allemand ? J'étais donc persuadé que mon Américain était un disciple bellevillois de Chaplin, et qu'il vociférait ainsi, gratuitement, pour s'épater lui-même avant que de séduire la galerie, ladite galerie restant d'ailleurs indifférente à ses tentatives pour la distraire, tant les rues de Belleville résonnent de dialectes hétéroclites que le quidam renonce d'ordinaire à identifier.

J'étais dans l'erreur. Un beau matin, à la devanture du kiosque qui fait face à la bouche de métro, j'entendis mon Américain tenir une conversation parfaitement sérieuse avec une touriste d'outre-Atlantique, une jeune femme portant sac à dos, qui lui demandait son chemin. Comment avait-elle abouti là, après quelle mésaventure s'était-elle égarée à Belleville alors que son territoire habituel reste circonscrit du côté des berges de la Seine, via le Louvre, les Tuileries et le pont de l'Alma ? Peu importe, au coin du boulevard de la Villette, la jeune femme avait trouvé à qui parler. L'homme au baluchon lui tailla une bavette durant un bon quart d'heure, après quoi elle s'engouffra dans la bouche de métro, la mine ravie, certaine de parvenir à bon port grâce aux renseignements qui venaient de lui être fournis. Depuis ce jour, chaque fois que je croise l'Américain, je médite sur la nature trompeuse des apparences. On trouve de tout, à Belleville, même et y compris d'authentiques Américains. Et je ne désespère pas de connaître un jour le contenu du fameux baluchon !

La sanisette

Les soirs d'été, le boulevard de Belleville prend des allures de fête. Devant chaque restaurant, chez Bichi, aux Lumières, chez Lalou, on sort les tables sur le trottoir et les clients affluent. Des vendeurs à la sauvette proposent des fleurs de jasmin. Les serveurs s'activent, les bras chargés de plats de couscous ou de poisson. On se croirait de l'autre côté de la Méditerranée. L'odeur piquante de la harissa, celle du thé à la menthe se mêlent soudain aux effluves de gasoil et aux relents d'égout. D'inévitables musiciens se plantent devant les tables et gratouillent leur guitare avant de tendre la main.

Ce soir-là, mon fils n'avait pas envie de couscous. Il voulait goûter au brick, imaginant déjà un plat curieux, parallélépipédique et consistant, de teinte rouge. Il fut déçu. Plus tard, tandis qu'il s'attaquait à un quartier de pastèque, je discutais avec les amis qui partageaient notre soirée, mais mon regard fut attiré par la sanisette installée sur le bitume craquelé du trottoir, un peu plus loin, entre deux machines à sous. Une jeune fille d'à peine seize ans tournait autour, et y pénétra bientôt, en compagnie d'un type au regard torve. La nuit était tombée et personne ne leur prêta attention. Ils en sortirent cinq minutes plus tard, l'homme avec précipitation, la fille en prenant tout son temps, et s'essuyant négligemment la bouche. Le serveur, débordé par l'afflux de la clientèle, tardait à apporter l'addition à ma table. Mon fils dessinait un chameau sur la nappe en papier. La fille eut le temps de faire deux autres passes avant qu'enfin on ne me remette la facture de ma carte bleue...

Falungong

Ils sont quelques-uns, fidèles au rendez-vous, en toutes saisons ; seule la pluie les rebute, et encore. Ils se retrouvent dans les squares alentour. Ils sont discrets, fragiles, presque pathétiques. Alors que les habitants du quartier filent au boulot, eux font de la gymnastique. De la gymnastique chinoise, une curieuse danse qui les anime dans un ralenti qu'on croirait copié du cinéma. Les gestes sont gracieux, très doux. Ils écartent les jambes, moulinent des bras, virevoltent, les uns à côté des autres, sans coordination apparente, sans souci d'unité. Ils semblent palper des formes invisibles, les attirer à eux, puis les repousser. Exactement comme s'ils dansaient avec des fantômes. Et peut-être est-ce vrai... Ils sacrifient à un rite étrange à nos yeux, mais sans doute aussi banal que la pétanque ou la partie de belote. Ce sont les membres de la secte Falungong, celle-là même qui fait trembler le puissant parti communiste chinois et que les maîtres du Laogai cherchent à réduire...

Le métro

La station est située à la jonction des boulevards de Belleville et de la Villette, et des rues de Belleville et du Faubourg-du-Temple. C'est l'endroit le plus grouillant, le plus agité du quartier. Même aux heures creuses, on s'y bouscule dans un désordre incessant que rien ne semble pouvoir réguler. Les abords des entrées sont perpétuellement pris d'assaut.

En premier lieu, par les distributeurs de tracts ou prospectus et pétitionnaires de toutes obédiences – et Dieu sait s'ils sont nombreux, des missionnaires en perdition aux communistes désenchantés, sans oublier les mages zaïrois, qui vous assurent des « résultats garantis dans un délai fixe » (*sic*). Ainsi monsieur El Hadji Ka, qui « résout toutes les difficultés de famille, voit les cas les plus désespérés et assure l'avenir, réconciliation et retour d'affection par télépathie » ! Vénérable monsieur El Hadji Ka ! Contrairement aux adhérents du PCF, qui, soudainement pétris de modestie, ne souhaitent que rencontrer « les gens » afin d'« écouter leurs problèmes », lui ne lésine pas sur les promesses ! « Pour que personne ne te prend ton bien aimé, tout ce qui te tourmente dans la vie, et vous sarez le soir que vous aurez résultats, ce qui ne sera pas tard ! » (*sic*), poursuit-il avec un salutaire aplomb. Quel programme !

Pour réaliser de tels prodiges, il vous reçoit tous les jours de 10 à 22 heures au 16, passage de Pékin : qui dit mieux ?

Ah, distribuer un tract au coin de la rue sous la pluie un soir de grand vent ! Pour avoir fréquemment pratiqué l'exercice en d'autres lieux semblables, je salue la ténacité de ces militants de l'incertain, sachant de quelle besogne ingrate il s'agit là...

Autres habitués des abords de la bouche de métro, les spécialistes du fast-food minimal. Alors qu'un Quick situé à l'angle du boulevard de la Villette déverse jusque sur le trottoir son trop-plein de frites huileuses, il se trouve toujours quelques téméraires commerçants de fortune pour proposer au chaland certaines provisions de bouche qui, en d'autres lieux, pourraient passer pour de simples amuse-gueules mais qui, à Belleville, constituent l'ordinaire des miséreux. Dès les premiers frimas arrivent en force les marchands de marrons. Munis de bidons de métal montés sur des armatures de caddies, ils font ronronner un Butagaz sous ce fournil improvisé et se brûlent les mains en remuant les châtaignes. Chauds les marrons, quoi de plus ordinaire ? Une spécialité plus exotique, le maïs grillé, que des Africains font frire avant de le proposer aux passants, à même le trottoir. Ils enveloppent les épis dans des feuilles de plastique, et les entassent dans des seaux afin de conserver la chaleur. L'odeur, fade, écœurante, se mêle aux vapeurs de gasoil lâchées par les camions coincés au feu rouge, mais ne semble pas rebuter ceux qui ont le ventre creux.

Le commerce se pratique au milieu des étals de fortune qui encombrent le carrefour. Marchands de lots d'éponges, de slips et de tee-shirts, spécialistes de la plastification des cartes d'identité, soldeurs à la sauvette de briquets, revendeurs de jouets de pacotille *made in Taiwan* se disputent le moindre mètre carré de bitume à l'entrée de la rue du Faubourg-du-Temple.

Un manège triste et cacochyme, planté sur le terre-plein du boulevard de Belleville, fait tourner ses autos branlantes, ses avions essoufflés, ses Donald farcis de rustines, sur un air aigrelet de valse musette, dont les accords se noient au sein du concert de klaxons qui ne cesse qu'à l'heure tardive où la circulation redevient fluide. Réchappé de la foire du Trône après mille avaries, il parvient malgré tout à satisfaire le besoin d'évasion des gosses qui le fréquentent et vont ensuite rêver devant les pubs télévisées d'Eurodisney.

Très souvent, les forains installent sur ce même terre-plein machines à sous, loteries ou jeux d'adresse, ces derniers d'un modèle savamment calculé pour plumer le gogo ; il s'agit d'attraper une montre ou une poupée, placées derrière un Plexiglas, à l'aide d'une mini-grue que l'on manipule grâce à des manettes. À peine a-t-on ouvert la pince de la grue pour s'emparer de l'objet convoité que l'engin se cabre, refusant tout nouvel effort avant qu'une nouvelle pièce de cinq francs ne soit glissée dans la fente de la machine...

Le métro, donc. Une des lignes file de Châtelet à la Porte des Lilas, empruntant ainsi souterrainement l'itinéraire dévolu à l'antique funiculaire que l'on peut voir sur les cartes postales anciennes. L'autre relie la Nation à l'Étoile. Elle est peu fréquentée par les indigènes de Neuilly-Auteuil-Passy. C'est sans doute la ligne la plus exotique de Paris. Son trajet constitue un véritable cours de géographie, voire de géopolitique. Mon fils l'emprunte fréquemment pour se rendre chez ses grand-mères : l'une d'elles habite à Château-Rouge, l'autre près du cours de Vincennes.

À Couronnes, il peut ainsi croiser les islamistes qui accourent prier dans les mosquées de la rue Jean-Pierre

Timbaud. À Belleville, les Asiatiques. À Jaurès, les junkies qui viennent encore s'approvisionner au pied de la Rotonde et sur l'esplanade du bassin de la Villette, quoique le quartier situé autour de la station Marx-Dormoy attire aujourd'hui l'essentiel du commerce du crack. À Barbès, on renoue avec le Maghreb ; près des piles du viaduc de la voie aérienne se tient le « marché aux voleurs », que le Front national se proposait de faire visiter à ses militants provinciaux, lors de leur venue à Paris pour la fête des Bleus-blancs-rouges... On peut notamment y acheter de fausses chemises Lacoste, proposées par de jeunes Algériens clandestins, qui viennent pratiquer le trabendo avec infiniment plus de profit que dans les rues de Bab-el-Oued. Récemment, une filière a été démantelée par la police. Elle avait à sa tête les gérants d'une librairie islamiste... de la rue Jean-Pierre Timbaud. Vient ensuite Pigalle, où s'égarent de pauvres touristes bardés d'appareils photo. Ils sont bien les seuls à faire l'aumône aux gamines tziganes qui chantent dans les couloirs ou les wagons en expliquant qu'elles arrivent tout juste de Roumanie ou de Bosnie, voire encore d'Arménie, de Tchétchénie ou du Kosovo, suivant le Top 50 de la détresse télévisuelle, c'est selon. Toujours porteuses d'un petit frère ou d'une petite sœur emmaillotés, elles tendent leur main crasseuse aux voyageurs indifférents, qui savent très bien qu'elles sont là depuis longtemps et que les adultes qui les encadrent relèvent la comptée un peu plus loin sur la ligne.

Le métro Belleville. Près des guichets, les mendiants sont nombreux. Certains s'installent là pour une petite heure, puis disparaissent, mais d'autres y ont leurs habitudes, solidement ancrées. L'un d'eux, notamment, un vieil Arabe vêtu d'une djellaba et portant babouches, n'hésite pas à s'allonger par terre. Je doute qu'il fasse recette, mais il reste fidèle au poste. Les marchands de fruits ou de bijoux de pacotille le virent régulièrement pour installer leur étal, une simple table de camping sur laquelle ils présentent tant bien que mal leur camelote. Et les gens passent...

Les jours de marché, on doit s'armer de patience pour franchir les tourniquets. Un embouteillage de caddies gonflés de pastèques et d'où s'échappent quelques fanes de poireau bloque le passage. Il faut une grande adresse pour franchir ces stupides tourniquets dès que l'on traîne une carriole ; avec une poussette et un bébé, le parcours confine à l'exploit. Qu'une de ces machines à avaler les billets vienne à tomber en panne, et c'est la Bérézina. La foule gonfle, s'énerve, les resquilleurs escaladent gaillardement l'obstacle, les employés de la RATP font la sourde oreille, retranchés dans leur guérite munie de vitres pare-balles. De vieilles femmes, emberlificotées dans leurs pauvres paquets – elles attendent les dernières heures pour glaner sur le bitume les légumes ou les fruits invendables –, appellent à l'aide. Dans la bousculade, les pickpockets s'en donnent à cœur joie.

Dans les moments plus calmes, la RATP lutte fermement contre la fraude et se lance dans une méritoire politique de « communication » : des cohortes de contrôleurs s'embusquent dans les couloirs, bien à l'abri des regards, et fondent sur le contrevenant. Au prix du ticket, le jeu en vaut la chandelle. La chasse est toujours bonne ; ça gueule, ça se bouscule, le resquilleur pris en flagrant délit refuse de donner ses papiers, et voilà une nouvelle thrombose. J'ai pitié de ces pères de famille attifés d'un uniforme terne, qui passent leurs journées à jouer à cache-cache avec des délinquants si redoutables. Quelle vie ! D'autant plus que c'est dangereux : à force de stress, on meurt, paraît-il, de rupture d'anévrisme... À voir les couloirs jonchés de détritus et de crachats, on ne peut s'empêcher de songer que les talents de ces fonctionnaires si zélés pourraient être employés à les nettoyer !

La police et les vigiles Ninja de la RATP fréquentent davantage la station Belleville que la Muette ou Jasmin. Dès qu'apparaît un casque ou une matraque, les bronzés rasent les murs. Les fouilles sont fréquentes. Et les altercations. Dès que les flics disparaissent, les petits trafics reprennent. Dans leur phobie de la resquille, les stratèges de la Régie redoublent d'imagination. Un escalier mécanique qui débouche tout près des portes est habituellement emprunté par les voyageurs qui sortent des rames. Si bien que, plutôt que de risquer de se faire pincer en sautant par-dessus les tourniquets, les adeptes du transport gratuit avaient pris l'habitude de l'utiliser à contresens. C'est plus acrobatique, un tantinet moins rapide, mais aussi efficace. Qu'à cela ne tienne, nos Clausewitz des souterrains ont trouvé la parade ! Ils ont installé de nouvelles grilles, de nouvelles portes en bas de l'escalator, bloquant ainsi le passage. Aux heures de pointe, la bousculade est garantie, mais la morale est sauve. La Cité des sciences de la Villette, toute proche, fait souvent placarder ses affiches dans les couloirs de la ligne. On y parle de conquête de l'espace, de quarks et d'astrophysique. Avec ses herses, ses barrières, ses soldats du guet, tout son attirail médiéval, la RATP, mutine, semble vouloir apporter un petit contrepoint à de tels rêves futuristes...

Les sièges des quais sont d'ordinaire réquisitionnés par les clochards. Les sièges des quais ? Ce qu'il en reste, devrais-je préciser. Adieu, les bancs de jadis ! Le siège RATP modèle fin de millénaire interdit en effet de s'y allonger, et, parfois curieusement incliné, parvient même à rendre inconfortable la position assise. On paye, certainement au prix fort, des designers qui se torturent les méninges afin d'empoisonner le quotidien de l'usager. Qu'à cela ne tienne, les clochards, obstinés, squattent malgré tout les lieux, picolent en s'apostrophant d'un quai à l'autre, pissent le long des murs, roupillent là, indifférents aux allées et venues. De temps en temps, quand leur nombre devient trop important, les « Bleus », les hommes du service spécialisé dans le ramassage des vagabonds, descendent dans les souterrains et leur font la chasse. Leur population se tarit brusquement, pour quelques jours, puis, l'accalmie aidant, ils reviennent.

Les employés de la RATP de la ligne Châtelet-Lilas sont les recordmen absolus des jours de grève. Aux mouvements habituels destinés à défendre la progression de carrière, ils ajoutent des débrayages fréquents pour cause de « sécurité ». En butte aux multiples agressions quotidiennes qu'ils sont contraints de subir, ils se murent dans une attitude strictement corporatiste. Tel jour, à telle heure, les rames cessent de circuler parce qu'un conducteur a été insulté ou molesté. Les voyageurs râlent, se bousculent sur les trottoirs, se bagarrent près de la station de taxis pour monter dans la première voiture qui passe. Jamais il n'est venu à l'idée des stratèges syndicaux d'associer les usagers à leur mouvement de protestation. Pas le moindre tract, la moindre prise de parole dans ce sens. Le souci, qui pourrait assurément être partagé, d'emprunter les couloirs sans avoir à redouter une agression, entraîne un blocage pur et simple qui se traduit par une pagaille totale, et ajoute encore au sentiment de désarroi.

La station est un endroit détestable. Une violence poisseuse s'y est installée. Peu spectaculaire mais obsédante, banalisée au fil des ans, elle fait réellement peur. Chaque fois que je prends le métro avec mon fils, je ne lui lâche pas la main.

Fous de Dieu

À Jérusalem voisinent la mosquée d'Omar, le mur des Lamentations et le Golgotha, avec tous les inconvénients que l'on sait. Chrétiens, juifs et musulmans y ont établi leur quartier général, histoire de se trouver à portée de main les uns des autres, pour mieux s'étriper. Belleville semble avoir pris modèle sur la Ville sainte. Mais, si on y croise quotidiennement les bigots de ces écuries concurrentes, tout se passe dans le calme... pour le moment.

Au début de la guerre du Golfe, une manifestation de soutien à Saddam Hussein avait semé un grand émoi : en première page des quotidiens du soir, on avait pu voir quelques centaines de militants agenouillés sur la place de la République toute proche, tournés vers La Mecque et priant Allah. D'où venaient-ils ? Entre autres, de Belleville. Les tenants de Mahomet ont envahi la rue Jean-Pierre Timbaud, près du croisement avec le boulevard de Belleville. Les boucheries hallal y alternent avec les librairies où l'on vend le Coran, de ravissantes miniatures de La Mecque avec éclairage à piles clignotant, des tasbih, et d'autres objets rituels dont j'ignore l'utilité. La mosquée Abou Bakr n'a pourtant pas pignon sur rue. Elle est située à l'intérieur d'un immeuble anodin, dissimulée aux regards curieux ;

73

aucun minaret ne pointe dans le ciel du quartier. Les jours de culte, on croise de nombreux fidèles sur le terre-plein central du boulevard. Vêtus de la kamiss, barbus, ils discutent en groupes serrés avant d'aller prier. Leur présence alimente bien entendu les fantasmes de certains, prêts à croire – ou pire, à faire croire – que Belleville est devenu une tête de pont intégriste. Sans céder à la naïveté ni à la complaisance, on peut leur répliquer que, si le loup est bien entré dans la bergerie, il n'est pas près de dévorer les pauvres petits agneaux catholiques ! Le quartier est placé sous haute surveillance ; les inspecteurs des RG étudient les affiches qui ornent les devantures de boutique, et qui appellent à la solidarité avec les « frères » talibans ou du Daghestan. Pas de quoi fouetter un hérétique. Il serait toutefois imprudent d'aller s'asseoir à la terrasse d'un café de la rue Jean-Pierre Timbaud un vendredi matin et d'ouvrir le premier tome des œuvres complètes de Salman Rushdie...

Sur le trottoir d'en face, le décor change. On croise les restaurants juifs séfarades, en enfilade, et, encore un peu plus loin sur le boulevard, une synagogue, en fait un cinéma récemment reconverti en lieu de culte. On y passait des films calamiteux, péplums bas de gamme, séries kung-fu, etc. La façade a été murée et protégée d'un rideau de fer. L'autre grande synagogue du quartier, rue Julien-Lacroix, est elle aussi fortifiée. Au début de la rue Ramponeau, un magasin moderne, la Maison du Taleth, propose aux amateurs mezouzzas, châles de prière, rouleaux de la Torah, cassettes pédagogiques louant la grandeur d'Israël, mais aussi récits de la Shoah. La présence juive est massive et ostensible de ce côté-ci du boulevard. Les étoiles de David, les affiches pour les différentes manifestations communautaires, la publicité pour l'alimentation casher ornent la devanture des épiceries et des magasins de fripe.

C'était habituel dans le quartier, mais, depuis quelques années, on assiste à l'arrivée en force des sectateurs du rabbi de Loubavitch ; vêtus de redingotes noires, portant un chapeau à large bord, ils caressent inlassablement leurs papillotes, le regard perdu dans le vague. Pâles, voire faméliques, ils traversent les rues comme des ombres. Ils n'ont pas l'air d'être de joyeux drilles. Mon fils, qui possède déjà une solide culture cinématographique, s'écrie « voilà Rabbi Jacob » dès qu'il croise un de ces tristes sires. L'un d'eux a longtemps hanté les abords des cités de la rue Rébeval. Des groupes de jeunes désœuvrés y jouent au foot du matin au soir. Certains portent la kippa et s'engueulent pourtant à coups de « Nique ta mère » fort peu casher. Notre homme leur fondait dessus, ses phylactères sous le bras, à l'affût d'une mitsva, une « bonne action » ; s'il parvenait à faire réciter une prière à l'un d'eux, la partie était gagnée. Il contraignait la victime à dénuder son bras gauche pour y nouer les tefillins, lui posait sur le front la petite boîte gainée de cuir, et marmonnait quelques paroles avant de libérer son prisonnier, lequel retournait aussitôt taper dans le ballon. Une petite prière en passant, ni vu ni connu ! La scène se déroulait dans l'indifférence générale, ne suscitant aucun étonnement, aucun sarcasme, tant elle était devenue habituelle. Ce « rabbin des rues » faisait partie du paysage, au même titre que les flics ou les employés de la voirie. La secte de Loubavitch a consciencieusement envahi d'autres secteurs du 19e arrondissement, notamment près de la rue Manin. Ils s'y regroupent par bataillons entiers, avec méthode, afin d'y constituer un ghetto, un Méa-Sharim-sur-Seine, en toute quiétude.

Les Asiatiques du quartier sont fort discrets quant à leurs pratiques religieuses. À l'intérieur de chaque boutique – du restaurant au salon de coiffure, de l'horloger au loueur de vidéos –, on aperçoit cependant un petit autel posé à même le sol. Il est généralement garni de bâtonnets d'encens et de quelques fruits placés là en offrande à une mystérieuse divinité.

Devant cette profusion de signes religieux, ce prosélytisme tous azimuts, cette insolente vitalité des adeptes de Jéhovah et de Mahomet, les supporteurs du club Jésus se devaient de répliquer ! L'honneur de l'équipe était en jeu ! Hélas ! Les paroisses sont très calmes et probablement peu fréquentées. Le temple protestant de la rue Julien-Lacroix ne paye pas de mine. Vénérable, mais si étriqué, si poussiéreux, il ferait presque pitié. Idem l'église – apostolique et romaine ! – qui se trouve au carrefour Jourdain et que borde la rue de... Palestine. D'ailleurs, on n'entend jamais leur cloche sonner l'angélus : c'en est à croire que la chrétienté baisse les bras devant l'assaut des barbares. Sans aller chercher bien loin, on pourrait citer le méritoire exemple du curé de la paroisse située rue Saint-Maur : il mène bien mieux sa barque ! Il a récemment obtenu un petit succès médiatique, façon abbé Pierre, en accueillant des sans-papiers grévistes de la faim. Mais la rue de Belleville n'appartient pas à son califat ou à sa voïvodie, j'ignore le terme exact.

Constatant l'inaptitude de la maison mère à relever le défi, les filiales ont donc retroussé leurs manches. Dès que le temps vire au beau, le carrefour Belleville reçoit la visite de jeunes gens des deux sexes, au teint rose, à la mine réjouie, souriants et affables, qui s'installent devant le parvis du siège de la CFDT.

Ils traînent une grande croix en bois, munie de roulettes pour faciliter son transport, qu'ils calent contre un panneau Decaux, et les voilà partis, qui gratouillant sa guitare, qui soufflant dans son pipeau, qui se raclant la glotte avant d'émettre quelques trilles... Torchant leur litron de rouge, les clodos les regardent, hébétés.

Ils chantent, dansent, battent de leurs petites mains potelées, à la gloire de Jésus-qui-est-amour. De longues heures durant, ils abreuvent le quidam de cantiques, lui proposent de venir se recueillir avec eux, l'invitent à lire le catéchisme. J'ignore à quelle secte appartiennent ces bateleurs : charismatiques, adventistes ? De temps à autre, un groupe de Blacks débarque du métro, avec un ghetto blaster dont le volume est réglé à fond, et soudain les rappeurs de Public Enemy perturbent la chansonnette, à l'instar des appareils de la Propagandastaffel brouillant les messages de Radio Londres !

Puis, las d'avoir ainsi prêché, la langue sèche, fourbus, heureux, l'œil illuminé par la flamme de l'amour du prochain, les chanteurs à la grande croix de bois récupèrent leur ustensile à roulettes et le traînent en sens inverse, remontant la rue de Belleville comme le Christ la Via Dolorosa.

Parfois encore, les tenants d'une autre filiale de Jésus-Incorporated envahissent à leur tour les abords du métro, y montent un stand et proposent livres saints et images pieuses. Ceux-là ont une inspiration moins primesautière. C'est à l'aide d'un mégaphone qu'ils agressent les passants. Le cheveu est court, le ton carrément martial. Dieu est toujours amour, mais on sent bien que ça le démange de rameuter les brebis égarées, au besoin à grands coups de botte dans l'arrière-train...

Le Cours Chapuis

De nombreuses classes d'écoliers ou de collégiens sillonnent les rues du quartier. On les voit chahuter en direction du métro, se rendre à la patinoire, au stade ou à la piscine. Évadés de la classe, presque délivrés de toute contrainte puisqu'ils retrouvent l'atmosphère de la rue, ils donnent libre cours à leur inspiration et se dévergondent, en dépit des protestations de leurs accompagnateurs adultes. Si les cris échappés des cours de récréation fournissent des indices sur le degré de « convivialité » qui y règne, rien ne vaut cet instantané sans fard, volé au détour d'un coin de rue... Bousculades, cris et injures, rapports de pouvoir fondés sur la loi du plus fort, la classe en goguette livre tous ses secrets. C'est sans doute aux Buttes-Chaumont, transformées en terrain de sport par suite de pénurie d'installations spécialisées, que le spectacle est le plus parlant. Certes, les collégiens qu'on y traîne, abrutis d'ordres et de contre-ordres beuglés par les profs de gym – souvent adjudants à la vocation gâchée –, ont quelques bonnes raisons de s'énerver. Mais quelle violence ! « Nique ta mère », le cri de ralliement universel, braillé sur tous les tons, emplit l'air de ses échos rageurs. Il ponctue les prises de bec les plus anodines. « Nique ta race », plus emphatique dans l'évocation des turpitudes qu'il suggère, tient solidement sa place au hit-parade, immédiatement suivi de « bâtard », lui-même talonné par « bouffon ». « Gogol », issu d'un registre presque primesautier en dépit de ses connotations tératologiques, est usité en situation de raillerie affectueuse, de persiflage guilleret. « Mange tes morts », plus rare, plus solennel, indique une escalade dans l'injure, généralement suivie de passage à l'acte ; le tabassage ne tarde guère. Sans aucune retenue, les collégiens lâchent la bonde de leur agressivité, de leurs frustrations et s'empoignent à tout instant pour les prétextes les plus futiles.

Mais, noyés au beau milieu de cette déferlante de vulgarité, voici qu'arrivent de ravissants angelots. Ils sont a-do-ra-bles. Vêtus de survêtements bleu marine, propres comme des sous neufs, les joues roses, ils se tiennent par la main, deux par deux, et chantent en chœur *La Fille du coupeur de paille* ou *Meunier, tu dors*. Ce sont les élèves d'une école privée située rue Édouard-Pailleron. Si d'aventure le promeneur distrait s'avisait de les confondre avec leurs congénères de la communale, leur haut de survêtement, brodé des lettres COURS CHAPUIS, l'aiderait aussitôt à corriger son erreur. Les élèves du Cours Chapuis ne crient pas « Nique ta mère », n'arrachent pas les vêtements de leurs condisciples, ne rudoient pas les filles, mais obéissent sagement à leur professeur. Quand on leur dit de sauter à la corde, ils sautent à la corde, sans qu'il y ait besoin de hurler ; quand on leur dit de jouer à la balle, ils jouent à la balle. Les élèves du Cours Chapuis ont de la chance d'être si bien élevés. Dans vingt ans, ils seront juges d'instance, administrateurs de biens, experts-comptables ou gynécologues. En attendant ce jour, les aînés du CES ou du LEP courent autour du lac, dûment chronométrés par leurs mentors. C'est important, le chronomètre. Autant s'y habituer très jeune.

Les clochards

Il y a quinze ans, l'agent immobilier qui avait la charge de faire visiter les appartements de la résidence où j'habite désormais m'avait donné rendez-vous à la terrasse de la Vielleuse, après un premier contact à son bureau. J'étais arrivé en avance. Il faisait beau ; les trottoirs bordant le siège de la CFDT étaient envahis d'étals sommaires. Des vêtements froissés, roulés en boule et rescapés de je ne sais quelle faillite, s'entassaient sur des lits de camp vacillants ; des cartons renversés faisaient office de présentoirs pour des lots de chaussettes, de trousses d'outillage soldées à bas prix, tandis que de simples couvertures, déployées à même le sol, se voyaient investies d'une mission identique. Une petite foule tournait autour de ces marchandises, attentive et intéressée ; des mains abîmées par le travail plongeaient dans les ballots de vestes et de pantalons, en retournaient un, mettant au jour une déchirure sur le revers, qui devenait aussitôt prétexte à marchandage. De leur côté, les bricoleurs examinaient d'un œil sévère les clés à pipe ou les mèches de perceuse, soupesaient les pinces coupantes, empaumaient les marteaux, méfiants, flairant déjà l'arnaque, avant tout soucieux de la fiabilité du matériel.

Ce petit commerce était sans doute parfaitement licite, et les camelots, au ventre ceint d'un tablier aux

poches gonflées de monnaie, surveillaient attentive-
ment le badaud, prompts à repérer l'inévitable chapar-
deur. Dans le sillage de ce marché s'étaient cependant
installés d'autres vendeurs, à l'ambition bien plus
modeste. Ils proposaient un bric-à-brac qui ne pouvait
séduire qu'une clientèle aux humbles convoitises. D'un
regard panoramique, on pouvait recenser des quarante-
cinq tours à la pochette déchirée, de la vaisselle dépa-
reillée, une profusion de vis, clous et boulons rouillés,
mais aussi quelques magazines jaunis, des revues porno
dont l'usure suggérait une longue carrière dévolue à la
masturbation, lesquelles voisinaient en compagnie de
pauvres jouets à bout de souffle, de cafetières et de
robots de cuisine en loques, de pièces de robinetterie
récupérées sur quelque chantier de démolition... Ces
camelots de la débine ne possédaient pas de patente et
observaient d'un œil inquiet les allées et venues des
flics patrouillant le long de la rue.

M'ayant rejoint, mon agent immobilier, irrité à la
vue de ce spectacle et inquiet de mes réactions, me
rassura sans tarder. « On » allait prier cette engeance
d'aller s'installer ailleurs, « on » avait déjà pris les
mesures nécessaires, il n'y avait rien à craindre, « on »
avait le bras long... Deux semaines plus tard, j'emmé-
nageais. Je ne tardai pas à constater que le fameux
« on », investi de pouvoirs exorbitants, était allé un peu
vite en besogne, et avait vendu la peau du clodo avant
de l'avoir chassé. Au fil des jours, leur nombre s'accrut
considérablement, et, quand les commerçants de la première catégorie eurent décidé que cette concurrence
sauvage leur causait trop de tort, ils désertèrent les
lieux. Ravie de trouver un endroit accueillant après
s'être fait expulser des puces de Montreuil, la petite
armée des traîne-misère envahit gaillardement le carrefour Belleville. En quelques semaines, ils furent plu-

sieurs dizaines, à débarquer le matin avec leurs balu-
chons, voire leurs carrioles, pour se livrer au troc ou à
la vente de tout un fouillis, apparemment destiné aux
poubelles, mais qui trouvait encore grâce à leurs yeux.
Quand ils partaient, le soir, ils abandonnaient sur place
une quantité de détritus étonnante que les services de
nettoyage de la mairie de Paris ne ramassaient qu'une
à deux fois la semaine ; leur planning n'avait pas inté-
gré ce surcroît de travail inattendu. Il y eut bientôt un
certain engorgement... Le petit jardin jouxtant la façade
du siège de la CFDT, côté rue, fut rapidement transformé en pissotières de fortune. Plus piquant encore,
des étrons firent leur apparition dans les allées de la
résidence. L'été arrivait et, la chaleur aidant, des odeurs
tenaces flottaient sur le carrefour. Alertés de la grogne
qui montait chez les riverains, les responsables des
commissariats se décidèrent à agir. Les patrouilles de
police se firent plus nombreuses. À leur approche, les
clodos remballaient leur attirail et faisaient innocem-
ment les cent pas sur le boulevard, le nez au vent, avant
de revenir s'installer dès que les képis s'étaient éloi-
gnés. De jour en jour, leur nombre augmentait. Je l'évalue à plus de trois cents au plus fort de la « crise ». Les
abords du siège de la CFDT prenaient des allures de
cour des Miracles ; les terrasses qui se trouvent sous
les arcades de la façade étaient dans un état de saleté
épouvantable. Elles servaient à la fois de WC, de salle
à manger et de dortoir. Les cohortes de SDF qui avaient
fini par s'installer là comme à demeure illustraient de
la manière la plus crue les discours ronronnants sur le
chômage, les expulsions, la misère, mais on imagine
volontiers la réticence des hiérarques syndicaux à pousser à la roue pour que le nécessaire soit fait.

Cette situation ne pouvait s'éterniser. Il y eut plus
grave encore. On vit en effet apparaître d'autres com-

merçants, moins décatis, plus durs à la tâche. Ceux-là vendaient des autoradios, des montres, des sacs à main : le produit de vols à la roulotte ou à l'arraché. Sitôt l'affaire conclue, ils allaient acheter leur dose de poudre aux dealers qui tournaient dans les parages, puis ils cherchaient un coin tranquille pour se piquer. Les halls d'entrée des immeubles alentour furent pris d'assaut. Cette fois, l'émotion provoquée fut à l'origine de pétitions vengeresses, assorties de menaces de représailles électorales. À la mairie du 19e comme à celle du 20e, toutes deux concernées par le problème, le message fut reçu cinq sur cinq, comme par enchantement !

L'abcès de fixation ainsi créé n'en finissait plus d'enfler. On l'avait laissé prospérer par négligence et il était malaisé de le réduire. Clodos, dealers et camés faisaient tacitement cause commune, par une sorte d'intérêt bien compris de part et d'autre. Un système de guet fut mis en place, qui permettait de repérer les cars de police avant qu'ils ne pointent le bout de leur calandre au carrefour. En moins de temps qu'il n'en faut pour le dire, la place était nette. Seuls les traînards étaient coffrés. Les escarmouches durèrent plus d'une quinzaine de jours ; peine perdue, les clochards arrivaient encore plus nombreux, en dépit des risques encourus !

La police, comprenant qu'il fallait passer à la vitesse supérieure, lança alors de véritables opérations commando. Des escouades reliées entre elles par talkie-walkie envahirent le quartier, se dissimulant dans les rues avoisinantes, avant de fondre comme un seul homme sur le carrefour Belleville. Il ne manquait que le clairon et les étendards. Sitôt le secteur bouclé, les gradés qui avaient mené la charge appelaient en renfort les services de la voirie ; les éboueurs enfournaient dans des bennes à ordures les misérables trésors que les clochards proposaient à la vente. Deux ou trois escadrons de Bleus poussaient leur gibier dans des cars aux vitres opaques, en vue d'un transfert vers l'hospice de Nanterre. Il fallut deux ou trois descentes de ce genre pour venir à bout du marché et de ses habitués. Les dealers et les junkies, eux, avaient senti le vent venir et ne fréquentaient plus les lieux.

Ces faits remontent à 1986, mais depuis, avec l'aggravation de la misère, Belleville est devenu un point de regroupement quasi naturel pour les SDF, paumés, mendiants et affamés divers. On évalue leur nombre à plus de cinq cent mille pour toute la France. En quittant Elf, Jaffré a obtenu 40 millions de francs d'indemnité. Quatre milliards de centimes. Sans compter les stock-options. Combien de Jaffré durant les dernières quinze années ? Cinq cent mille SDF ! De quoi lever une armée ! Le SDF, brutalement livré à la rue, tente de lutter pour conserver un reste de dignité, puis sombre doucement. Ceux qui hantent les rues de Belleville sont en bout de parcours. La bouteille de rouge devient rapidement leur seule bouée de secours. En quelques semaines, quelques mois, les voilà réduits à l'état de loque qu'il n'est plus possible de côtoyer sans réprimer un réflexe de dégoût. La pitié, au fil du temps, s'accommode mal de la puanteur. On se mure dans son désarroi, on détourne les yeux, avec la honte aux tripes et la colère dans la tête. Des copains viennent dîner ce soir. Il faut faire les courses, penser à racheter une bouteille de bourbon et des biscuits pour l'apéritif. Au dessert, on parlera politique.

Une soupe populaire est installée rue de l'Orillon, une autre rue Ramponeau, une autre encore rue Sainte-Marthe, Fraternité Shalom tient une boutique rue de Belleville, et j'en oublie certainement. En outre, au plus fort de l'hiver, des camionnettes appartenant à des organisations caritatives se garent au carrefour et distribuent des repas chauds à ces malheureux. Les couloirs, les quais du métro, les parkings leur servent d'abri, ainsi que les immeubles en voie de démolition.

Dès le printemps revenu, ils quittent les sous-sols pour squatter les entrées d'immeuble qui ne sont pas encore équipées de digicode, ou encore les arcades du siège de la CFDT, décidément si accueillantes. On les aperçoit par petits groupes, errant de place en place, à l'affût de quelques pièces pour acheter à manger, et surtout à boire. Les cadavres de bouteilles de rouge en plastique jonchent les trottoirs. Ils sont pour la plupart d'entre eux dans un état de déchéance totale. Le visage rongé par la crasse, les croûtes, les boutons, les jambes œdémateuses, couvertes d'ulcères et de pustules, ils traînent avec eux des sacs de plastique au contenu incertain. Ce sont en grande majorité des hommes mais on aperçoit quelques femmes, aussi. Leurs visages, à force d'habitude, nous sont devenus familiers, comme celui du boulanger ou du facteur.

Le square qui se trouve en bas de la rue Hector-Guimard, place Marcel-Achard, est un de leurs lieux de prédilection. Ils s'installaient sur les bancs, quasiment vingt-quatre heures sur vingt-quatre. Alors la mairie a fait supprimer les bancs. Qu'à cela ne tienne, les clodos ont envahi les abords de la fontaine. Aux beaux jours, ils apportent des couvertures et roupillent au soleil, comme à la plage. Les bosquets de troènes leur servent de latrines. Ils quittent un instant le groupe, font quelques pas et pissent, la bite à l'air, indifférents aux regards désapprobateurs des riverains. Voire baissent la culotte et déposent tranquillement leur étron à même le bitume. Les enfants, dont mon fils, qui jouent dans le square doivent subir cette compagnie peu ragoûtante avant d'apprendre par cœur leur leçon d'instruction civique, et notamment le chapitre sur la devise de la République « Liberté, Égalité, Fraternité » ! Durant l'été 99, le problème des odeurs d'urine a atteint des proportions de plus en plus intolérables. Par temps de canicule, c'était devenu franchement irrespirable. Nous attendions l'orage salvateur, le grand rinçage à coups d'éclairs. Lors d'une récente réunion du conseil de quartier, réuni à l'initiative du maire socialiste du 19e, la question est inévitablement revenue sur le tapis. Il était évident qu'il fallait d'urgence installer sur le boulevard une pissotière, un chalet d'aisances, peu importe le nom, bref, un de ces édicules que j'ai croisés durant mon enfance à chaque coin de rue, et qui permettaient au passant pressé de se soulager sans débourser un seul centime ! Une bonne vieille pissotière, oui, voici la demande que nous autres, Bellevillois aisés, en étions réduits à formuler. Las ! l'édile municipal nous rappela le contrat d'exclusivité dont jouit la société Decaux auprès de la Ville. Pas question de pissotière gratuite alors que monsieur Decaux récolte une pièce de deux francs à chaque fois qu'un quidam s'introduit à l'intérieur d'une de ses sanisettes. Il va de soi qu'aucun clodo qui se respecte n'ira sacrifier deux francs pour pisser un coup, alors que quatre fois deux francs lui permettent d'acheter une nouvelle bouteille de picrate... Une pissotière gratuite ! Pitoyable revendication. Sans parler d'une boutique, d'un simple local équipé d'une machine à laver, d'un distributeur de café, d'un dortoir, que la nouvelle municipalité, de gauche, n'est-ce pas, a oublié d'ouvrir quelque part dans le quartier. Où ça ? Un peu plus loin sur le boulevard de la Villette, par exemple, où, depuis des années, les bâtiments d'un ancien lycée technique sont désespérément vides après avoir été brièvement squattés par une petite cohorte d'artistes plasticiens... Les locaux sont vastes, et à peu de frais, on pourrait y aménager un centre d'accueil d'urgence. Ce qui ne résoudrait pas, sur le fond, le problème des SDF, mais permettrait malgré tout une petite avancée. Il faut attendre l'hiver, les grands froids, les premiers morts, pour que la RATP se décide à installer des dortoirs dans ses stations désaffectées... À Bucarest, ce sont les égouts que l'on ouvre, pour que les bandes d'enfants orphelins faméliques puissent y trouver refuge.

Une pissotière gratuite ! Je n'ai pu m'empêcher de sourire en me souvenant de la prédiction de Lénine qui expliquait en substance que les problèmes de l'humanité seraient résolus le jour où l'on tapisserait les murs des pissotières avec l'or contenu dans les coffres de banque. Pauvre Vladimir Ilitch.

L'affaire de la pissotière peut prêter à rire. Elle n'est que le symptôme qui nous rend la présence des clochards insupportable. Nous nous accommodons tant bien que mal de leur vue, en ravalant notre honte, notre culpabilité. Mais l'odeur de leurs déjections nous incommode trop. On peut tenir tous les discours apaisants que l'on veut, appeler à la rescousse les arguments humanistes, cette promiscuité avec la plus noire des misères est insupportable. Tôt ou tard, elle provoquera des réactions violentes, d'autant plus irraisonnées, d'autant plus brutales qu'elles auront longtemps été contenues. Qu'un de ces pauvres bougres avinés lève la main sur un gosse qui lui aura envoyé son ballon en pleine figure par inadvertance, et ce sera le lynchage. Si des solutions d'hébergement, de secours, issues non du bénévolat mais bien des autorités publiques, ne sont pas mises en place, la voie est toute tracée pour mener au pire. Les pousse-au-crime de tout acabit ont la partie belle. Et on se sent totalement démuni dans une telle situation.

Voici quelques années, une bagarre avait éclaté entre deux clodos, assez jeunes. Je n'ai jamais su quelle en était l'origine. Alerté par les cris, j'avais ouvert ma fenêtre. Les deux types étaient torse nu et se défiaient ; chacun d'eux tenant un couteau à la main. Le sang ne tarda pas à couler. Des gamins sortant du collège les entouraient et les encourageaient en battant des mains. Le gardien du square, un Antillais débonnaire, avait quitté sa guérite et ricanait stupidement, lui aussi amusé par ce si plaisant spectacle. N'écoutant que mon instinct d'ex-travailleur social, je descendis... et arrivai trop tard. L'un des deux protagonistes avait pris la fuite ; l'autre ramassa sa chemise, l'enfila et disparut à son tour. Discutant avec les collégiens, j'appris alors qu'avant de sortir leurs lames, les deux bagarreurs s'étaient longuement insultés, tournés autour, défiés, menacés, bref, avaient ainsi pris soin de mettre en scène le lamentable événement, avec un sens évident de la dramaturgie. J'engueulai le gardien pour sa passivité. Il me répondit qu'il n'était pas là pour « faire le flic ». Faisant appel à la patience, je lui expliquai qu'on n'attendait rien de tel de sa modeste personne, mais qu'un coup de fil au commissariat aurait été le bienvenu. La guérite n'est pas équipée de téléphone, m'expliqua-t-il, soudain énervé. Je lui montrai la cabine, toute proche, le salon de coiffure, le laboratoire d'analyses médicales, eux aussi à portée de la main, et lui envoyai une bordée d'injures qui suggérait le mépris dans lequel je le tenais. À court d'arguments, il me traita de raciste, avant de regagner sa tanière en traînant les pieds.

Les clochards font donc partie du paysage. Certains s'aménagent un petit confort, grâce à des ruses dont j'ignore le détail. L'un d'entre eux a passé toutes les nuits d'été sur un matelas qu'il disposait à l'entrée des Ateliers des arts du verre, à l'abri des pluies d'orage. Le matelas disparaissait durant la journée pour réapparaître à la tombée de la nuit.

Ils traînent dans les rues, à la recherche d'une improbable nourriture. Les commerçants se sont résignés à les voir entrer dans leur boutique et à quémander un morceau de pain, un fruit. Généralement, ils se font vertement rembarrer, mais à force d'acharnement, finissent par obtenir gain de cause. Ils ne sont parfois pas dénués d'humour. Au mois de juin dernier, deux d'entre eux avaient déniché je ne sais où une paire de bas, un porte-jarretelles et un soutien-gorge. Ils « habillaient » ainsi un tronc d'arbre du bas de la rue de Belleville, rembourraient les bas et le soutien-gorge à l'aide de chiffons, avant de punaiser une photographie de Madonna sur l'écorce, à la place du visage. Puis ils faisaient la manche, montrant leur « œuvre » aux passants. Peu auparavant, les artistes peintres et sculpteurs de Belleville avaient organisé une journée portes ouvertes pour permettre aux habitants du quartier de visiter leurs ateliers. Les deux clodos entendaient bénéficier des retombées de la manifestation, en y participant à leur manière, et je crois bien qu'ils obtinrent un certain succès !

Mon pauvre

On les croise à tous les coins de rue, dans Paris. Je n'évoque pas ici les mendiants qui s'asseyent sur les escaliers du métro ou dans l'encoignure d'une porte cochère et baissent le front, silencieux, avec pour unique commentaire à cette situation humiliante et désespérée un carton sur lequel est inscrite une phrase lapidaire : « J'ai faim. » L'espèce des tapeurs est d'une tout autre trempe. Fonctionnant au culot, ils n'hésitent pas à harponner le passant, le saisissant par le revers du veston avant de prononcer le fatidique « t'as pas dix balles ? » Dix balles, oui ! Malgré la politique du franc fort menée par nos valeureux dirigeants, les gaillards ont ressuscité l'inflation et revu à la hausse leurs exigences, dédaignant la pièce de deux ou cinq francs qui était de mise il y a encore peu de temps. On peut certes objecter qu'entre le tapeur et le mendiant il n'existe qu'une différence de degré, de délai. Que, lassé de taper, le tapeur se résigne un beau jour à s'asseoir à terre, pour se réfugier dans un mutisme révélateur de la plus atroce détresse. Quand on n'a plus la force de demander, on est vraiment au bout du rouleau. Néanmoins, je persiste à croire que nombre de tapeurs ne deviendront jamais mendiants...

Ils n'ont guère de chance à Belleville. La concurrence des clochards est trop forte. Il arrive parfois qu'en parcourant une petite centaine de mètres on se fasse alpaguer par plusieurs d'entre eux. Malgré ma générosité, je me laisse gagner par la lassitude. Mon fils me questionne : pourquoi donner à l'un et pas à l'autre ? Sa curiosité me met mal à l'aise. J'essaie de lui expliquer qu'il faut fonctionner à l'intuition, essayer de deviner si la personne qui demande ne peut vraiment pas se débrouiller autrement, qu'il faut donner aux mendiants mais pas aux tapeurs trop agressifs, et puis, par lâcheté, je détourne la conversation.

J'ai néanmoins connu un tapeur, posté rue Manin, à l'entrée de l'hôpital Rothschild, à qui j'ai cédé. Je le croisais tous les matins en allant faire mon jogging aux Buttes-Chaumont. La première fois qu'il m'aborda, perdu dans mes pensées, mais échaudé par l'outrecuidance de ses semblables, je l'envoyai paître. Je le vis au retour, toujours à l'affût à l'entrée de l'hôpital. Âgé d'une quarantaine d'années, vêtu d'un costume plus que défraîchi, portant des mocassins dont la semelle devait laisser filtrer la pluie, il me fit un petit signe de la main, histoire de me montrer qu'il ne me tenait pas rancune de ma conduite passée. Il avait une bouille ronde mais fatiguée, aux yeux cernés de noir. Il se rasait régulièrement ; ses joues portaient des marques de coupures. Une petite vieille qui sortait de l'hôpital attira aussitôt son attention, et en quelques phrases hachées, mais dont tout indiquait qu'elles avaient été rabâchées jusqu'au par cœur pour mieux porter leurs fruits, il lui narra son infortune : la perte de son boulot, de son appartement, sa mise à la porte de l'hôtel où il avait passé quelques semaines, etc. La mémé ouvrit son porte-monnaie et lui donna dix francs. Je m'éloignai.

Le lendemain, il était fidèle au poste. Je lui donnai à mon tour dix francs. Jour après jour, nous en vînmes à lier connaissance. J'appris que le baratin qu'il servait à tous ses « clients » ne devait rien à l'affabulation. Graveur dans une petite entreprise, il s'était fait licencier pour cause de faillite, et végétait depuis, après avoir épuisé ses droits à l'UNEDIC. Il espérait un stage de reconversion qui tardait à venir et s'efforçait de rester présentable en attendant la convocation. Il vivait dans la rue, dormant une fois par semaine dans un centre de l'Armée du Salut, le temps de laver son linge, faisait sa toilette dans les cafés, prenait dès qu'il le pouvait une douche aux « Bains municipaux » de la rue Oberkampf.

Les semaines passaient et, chaque matin, en enfilant mon K-way pour aller courir autour du lac des Buttes-Chaumont, je prenais une pièce de dix francs, en pensant à « mon » pauvre. C'était le mien, j'avais mes « œuvres », à moi tout seul. J'en plaisantais amèrement avec quelques amis. Il avait fini par repérer l'heure de mon passage, m'accueillait d'un bonjour, et, en empochant ma pièce, il me félicitait pour ma constance sportive, poussant même la sollicitude jusqu'à s'informer du nombre de tours de lac que j'avais effectués au petit trot.

Puis il disparut. Je me sentis désemparé. J'aurais pu au moins l'inviter à prendre un pot tant qu'il était encore là, faire un geste supplémentaire, lui témoigner un peu plus de respect. Je ne l'ai pas fait. J'imaginais qu'il avait fini par craquer, qu'il avait lâché les manettes et que, si le hasard le voulait, je le croiserais au détour d'une rue, un jour prochain, en plus piteux état que celui dans lequel je m'étais habitué à le voir.

Quelques mois plus tard, je le rencontrai, au carrefour Belleville. Il sortait du Quick. Il avait meilleure allure, son moral était au beau fixe. Il avait trouvé un travail de maçon. Étonné de me rencontrer à cet endroit, il me demanda où j'habitais. Je lui montrai mon immeuble, derrière le siège de la CFDT. Nous nous sommes serré la main avant de nous quitter.

Parfois, le mercredi, mon fils invite un de ses copains à la maison, et il n'y a rien de tel pour leur faire plaisir que de leur offrir un cheese-burger et une portion de frites, au Quick du boulevard de la Villette. Huit francs quatre-vingt-dix le cheese-burger, et six francs la portion de frites. Trois ou quatre fois par semaine, je glisse une pièce de dix francs dans mon K-way, avant d'aller courir aux Buttes-Chaumont. J'ai de nouveau un pauvre, un autre, qui a pris la succession du premier. J'imagine que nous sommes des milliers, des dizaines, voire des centaines de milliers, ainsi, à travers toute la France, à avoir « notre » pauvre, auquel nous faisons régulièrement l'aumône. Tout au long de l'année. Réglant ainsi, et sans renâcler, une sorte d'impôt-SDF, une taxe sauvage que les technocrates embusqués à Bercy n'ont pas encore eu le culot d'officialiser. Et peut-être vaut-il mieux ne pas leur en souffler l'idée...

Le sentiment de la nature
aux Buttes-Chaumont

En partant de la rue Hector-Guimard, il suffit de remonter la rue Rébeval sur quelques dizaines de mètres et de couper à travers celle des Dunes pour se retrouver dans un autre monde. Sitôt qu'on arrive sur les trottoirs de la rue Manin, c'en est fini du quartier populeux, bigarré, du brassage des couleurs de peau, des senteurs de graillon échappées des gargotes turques, vietnamiennes ou arabes. À l'approche des Buttes-Chaumont, le décor change radicalement. Les immeubles en pierre de taille, chenus et calfeutrés, remplacent les bicoques menacées d'éboulement, les vieilles bâtisses entassées les unes à côté des autres sans autre harmonie que celle dictée par le hasard, ou les cubes de béton et de verre du bas-Belleville. La rue Manin s'étire en un long arc de cercle qui borde le parc jusqu'après la mairie du 19e, au sud-est, tandis que du côté opposé, au nord-est, d'autres immeubles, de construction plus récente mais à l'architecture sophistiquée, dressent leurs façades sur la rue Botzaris, toujours face aux Buttes.

Le parc est un lieu empreint d'une magie désuète. Aménagé durant le second Empire, il n'a guère changé depuis. Les cascades, le lac, la grotte, les tunnels, le belvédère, le pont suspendu, celui « des suicidés », les manèges, les théâtres de marionnettes, les chevaux de bois, les balançoires évoquent un petit pays de cocagne qui, dans l'imaginaire de ses concepteurs, devait correspondre à ce que sont les parcs de loisirs « thématiques » d'aujourd'hui. Les Buttes-Chaumont ou Badinguet-Land, en quelque sorte ! Les petits vieux et les enfants le fréquentent assidûment ; le dimanche, c'est la ruée des familles. Durant la semaine, aux heures creuses, on y rencontre les habitués.

Les pêcheurs à la ligne, qui trempent leur fil dans les vingt-cinq centimètres de profondeur des eaux boueuses du lac, et engueulent les gosses qui se risquent à lancer un caillou pour faire des ricochets. Un arrêté municipal leur garantit la jouissance indivise du domaine. Ils sont hargneux, jaloux de leurs misérables prérogatives, comme de vieux gamins aigris qui ne voudraient pas partager leurs jouets.

Les cadres, ces experts en management, en « marketing », ces spécialistes des « ressources humaines », petits marquis bouffis de suffisance qui tiennent fréquemment séminaire dans les trois restaurants du parc. Sous la tonnelle, devant une coupe de champagne, on parle du CAC 40, des marchés obligataires... Il suffit de s'asseoir à la terrasse pour voler quelques bribes de ce babil aussi creux que pontifiant. Il n'y a guère qu'une centaine de mètres à parcourir, de la grande grille d'entrée jusqu'au Chalet du Lac, mais c'est encore trop pour eux ; ces messieurs encombrent donc les allées avec leurs BM et leurs R25. Comme de vulgaires « rois nègres », ils se doivent d'exhiber leurs grigris devant le populo pour asseoir leur prestige.

Les amoureux des chats. Ils se regroupent tous les matins près de l'entrée de l'avenue Mathurin-Moreau, avec tout un assortiment de gamelles et de Tupperware, et déballent la boustifaille qui attire aussitôt une armée de greffiers gras comme des moines. Les matous les connaissent. À leur approche, ils se coulent sous le grillage entourant les enclos interdits aux promeneurs et qui leur offrent une inexpugnable citadelle.

Les promeneurs de chiens. Il y en a pour tous les goûts. Du teckel au pitbull. On reconnaît leurs propriétaires respectifs au premier coup d'œil. Crânes rasés, rangers et treillis, ou manteau d'astrakan et chapeau à voilette, la panoplie ne varie guère.

Les sportifs. Il y a les modestes, comme moi, qui trottinent sagement autour du lac en économisant leur souffle. Les acharnés, qui n'hésitent pas à se lancer au galop sur les allées les plus pentues, le visage tordu par la douleur. Les velléitaires, qui s'asseyent sur un banc afin de mieux se concentrer avant l'effort et finissent par ne plus se lever. Les frimeurs, équipés de pied en cap de survêtements rutilants, qui effectuent quelques pompes afin de s'échauffer, et s'en vont en toussant. Les phobiques de l'infarctus, qui courent quelques mètres, s'arrêtent brusquement, prennent leur pouls à la jugulaire, avant de repartir en petite foulée bien mesurée, l'air grave. Mais voilà qu'ils croisent un collègue ! Ils stoppent de nouveau pour solliciter son avis sur le rythme idéal, discutent doctement des performances de leurs valvules mitrales, échangent des tuyaux à propos du dernier tensiomètre disponible en pharmacie, avant d'avaler une gorgée de boisson qui leur garantit l'apport glucidique nécessaire à un nouvel effort. Quelques foulées encore, puis ils consultent leur montre qui leur indique qu'il est temps de rentrer.

Les frappadingues. Ils sont assez nombreux. Certains n'arrivent qu'à la tombée du jour ; ce sont les pervers de diverses obédiences, à la recherche de compagnons de partouze. Les buissons abritent toute une faune d'agités du bocal en mal de sensations. Il n'y a pas si longtemps, il y avait encore aux Buttes-Chaumont une pissotière (gratuite) qui attirait les « soupeurs »... Qu'un garde vînt à surgir, et ils se retrouvaient en proie à la plus vive des paniques. Les quignons de pain qu'ils cachaient sous leur pardessus à des fins inavouables étaient brusquement détournés de leur destination initiale et servaient à nourrir les canards et les mouettes qui se prélassent sur le lac. D'autres se tripotent près des balançoires en louchant vers les culottes des petites filles. Dans un tout autre registre, on croise les paranoïaques ; l'air qu'on respire aux Buttes, un peu moins saturé d'oxyde de plomb, un peu plus riche en oxygène, leur monte à la tête et excite leur délire. L'un d'eux se tient ordinairement près du pont suspendu et, se rêvant procureur d'un tribunal digne des pires heures de l'Inquisition, ressasse inlassablement son réquisitoire à voix haute, avec effets de trémolos et petits rires de gorge : une diatribe virulente contre les agents de l'EDF, qui le persécutent en prenant un malin plaisir à falsifier ses relevés de compteur...

Les pédagogues. On en répertorie deux espèces, les Bucoliques et les Musculaires. Le Bucolique attire sa classe parmi les sentiers reculés pour lui montrer les mille féeries prodiguées par Dame Nature : bogues de marron, cadavres de lombric, plumes de cygne et autres chiures de pie. Les élèves suivent en bâillant, soumis, le front bas et la semelle terreuse. Il ne faut pas offenser le Créateur en troublant la quiétude du jardin d'Éden : le silence est d'or ! À l'inverse, le Musculaire occupe le terrain comme un général de brigade le champ de manœuvre : à grand renfort de gueulantes et de coups de sifflet ! Tandis que le Bucolique arbore une tenue vert broussaille, propice au camouflage, à l'immersion incognito dans le biotope, le Musculaire aime à s'accoutrer d'oripeaux aux couleurs criardes ; le rouge fluo est

volontiers de mise. Armé de son chronomètre, le Musculaire disperse ses ouailles sur les larges avenues
bitumées. Et aussitôt commence la grand-messe de la
Performance, le sacrifice rituel au dieu Record, la prière
à sainte Adrénaline, que le maître de cérémonie ponctue
de ses aboiements rauques, sous les regards suppliants
de ses malheureux sujets. Lesquels traînent la patte, vite
déconfits, la mine lugubre et le souffle court.

Les gardiens. Ce sont les cerbères de cette oasis de
verdure enclavée dans la grisaille de la ville. Originaires des Caraïbes, ils traînent d'un pas nonchalant le
long des allées, bâillent en rêvant à leur île natale en
contemplant, désabusés, celle qui dresse ses falaises
crayeuses au beau milieu du lac. Coiffés de képis, les
mains dans les poches de leurs pardessus bleu marine,
ils vont par petits groupes de trois ou quatre, les yeux
perdus dans le vague. D'octobre à avril, nul ne conteste
leur autorité. Ils règnent en despotes sur les quelques
hectares du parc. Mais qu'au printemps un insolent
vienne à s'asseoir sur les pelouses interdites, et les voilà
furieux. Ils sermonnent, admonestent, vitupèrent avec
une telle force de conviction qu'on parviendrait presque à les prendre au sérieux. Hélas, dès l'été, les contre-
venants sont légion ; pliants, couvertures et nécessaires
à pique-nique font leur apparition ; chacun cherche un
peu de fraîcheur à l'ombre des saules, sur les rives du
lac, ou près de la rivière. Succombant sous le nombre,
les gardiens renoncent alors à affronter l'adversaire et
se réfugient dans leurs chalets au toit pointu, placés en
certains endroits stratégiques. Ils ruminent de cruelles
revanches et, malgré la canicule chère à leur cœur,
appellent de tous leurs vœux le retour des frimas, seuls
garants de leur prestige bafoué...

Les jardiniers. Chaussés de lourds godillots, vêtus
de bleus de travail rapiécés, courbés sur leur ouvrage,

le regard rivé à la terre, ils binent, sarclent, émondent, ratissent, ensemencent d'un bout de l'année à l'autre, obstinés et patients. Mais parfois ils se redressent, scrutent le ciel, et s'équipent de harnais, de crampons, de cordages, pour atteindre la cime des arbres et procéder à de savants élagages. Ils connaissent les Buttes comme le fond de leurs poches. Le parc a été édifié sur des carrières à plâtre, qui se dressaient jadis à ciel ouvert. Elles étaient truffées de galeries et de cavernes dans lesquelles toute une faune de brigands avait établi ses quartiers. Ils y faisaient ripaille, traitaient leurs affaires, réglaient leurs différends... Qui sait si, dans quelque recoin, à l'abri d'un taillis ou dans l'escarpement d'une falaise, ne se cache pas l'entrée d'un souterrain oublié, qui mènerait à une grotte abritant un trésor ? Qui sait quels spectres hantent ces lieux en apparence si paisibles ? Les âmes des suicidés qui se sont jetés du haut du pont, ou celles des communards dont on a fait brûler les corps, ici même, sur de gigantesques bûchers ? Les jardiniers veillent sur les Buttes. Ils en savent les secrets, les arcanes, et les conservent jalousement.

Ben et les taggers

Les tags fleurissent à Belleville. Non pas les graphes, pour utiliser le vocabulaire *ad hoc*, voire les dessins au pochoir tels ceux de Mystic, fort bien venus, mais bien les tags, ces gribouillages primaires vite tracés à la bombe sur un coin de mur, une palissade ou, mieux encore, ô friandise, le rideau de fer d'une boutique, et, nec plus ultra, la carrosserie d'un camion ! Leurs auteurs opèrent de nuit, groupés ou au contraire confortés par leur solitude, qui agit à la manière d'un stimulant. Ils envahissent un coin de rue et maculent le béton ou la pierre de motifs abscons, la plupart du temps une simple signature, un paraphe elliptique, dont le tracé approximatif évoque la gaucherie d'un dessin d'enfant. Le phénomène est bien connu. Il a été loué avec emphase par certains démagogues en mal d'inspiration, détectant là un farouche désir d'expression artistique d'ordinaire bridé par une société répressive qui réserve ce privilège à une élite, ou au contraire dénoncé en des termes crus et péremptoires : d'aucuns assimilent le tagger à un débile mental jouant avec sa merde, tandis que certains appellent à la rescousse l'exemple du chien balisant son territoire par de petits jets d'urine. Et force est de constater que cette dernière image, en dépit du mépris qui lui est sous-jacent, ne manque pas de pertinence. Le but du tagger est en effet de s'approprier son domaine en le marquant, en y imprimant son sceau, de la manière la plus fréquente et la plus démonstrative qui soit, de façon à décourager les concurrents, eux aussi désireux d'en acquérir une portion. On pourrait donc faire remarquer à ses thuriféraires que le tag, en tant qu'il revendique la propriété de son auteur sur un espace a priori communautaire, est d'essence réactionnaire. La propriété, n'est-ce pas, c'est le vol !

Les tags irritent les riverains. Aussi bien la population aisée, qui admet mal qu'on vienne souiller son mur de façade chèrement acquis en copropriété, que les gens démunis, qui voient leur habitat davantage encore dégradé par cette agression dérisoire mais pernicieuse. Les immeubles récents, dont les propriétaires se soucient, sont fréquemment nettoyés, repeints. Les autres sont laissés à l'abandon, et leurs façades dérivent lentement vers un état d'abâtardissement sournois : les « pauvres » vivent dans un décor de graffitis de pissotières – lesquelles n'existent plus... –, témoin et à la fois symptôme du peu d'attention qu'on leur porte.

Les taggers se piquent parfois de prétentions artistiques. Ils tiennent même un discours puéril sur la dimension subversive de leur pratique. Mais certains d'entre eux parviennent à s'arracher de l'anonymat en s'exprimant sur toile. Aussitôt cajolés par les esthètes médiatiques qui manient avec outrecuidance l'argument de l'art sauvage, spontané, issu de la rue, de la marginalité, ils s'empressent d'oublier les amas de briques et de parpaings, les caniveaux et les poubelles dans lesquels ils s'ébattaient avant de connaître la gloire. En dépit de leur profession de foi postulant à la révolte, ils lapent goulûment la soupe dans l'écuelle que leurs adorateurs mondains leur tendent. Seuls leurs comparses dépourvus de talent continuent de brandir le pitoyable flambeau...

À Belleville et Ménilmontant, des riverains excédés ont placardé des affichettes à vocation pédagogique sur les terrains de chasse prisés par les manieurs de bombe à peinture. On peut y lire : « Taggers, écrire n'est pas si difficile, essayez donc sur un cahier, pas sur nos maisons. » Je doute que le conseil soit entendu.

Au coin des rues de Belleville et Julien-Lacroix se trouve un minuscule square enchâssé dans le renfoncement de deux immeubles disposés en angle droit. Les retraités y jouent aux boules, les gosses au foot. L'un des murs est décoré d'une fresque de Jean Le Gac. Elle représente Fandor, le héros détective de Souvestre et Allain, qui passe sa vie à contrecarrer les projets maléfiques de Fantômas. Le personnage doit mesurer une bonne dizaine de mètres de haut. Les taggers ont considéré que cette fresque était une injure à leur encontre et se sont empressés de relever le défi. Ils ont donc maculé les pieds de Fandor de leur lamentable empreinte. Sans doute se seraient-ils volontiers attaqués au reste, mais l'entreprise est malaisée. Même en se faisant la courte échelle, Fandor leur reste inaccessible. Sur l'autre mur est accroché un échafaudage apparemment bancal, sur lequel se tient un personnage de résine en bleu de travail, criant de vérité. Les bras levés au ciel, figé dans une immobilité qui semble douloureuse, il tente perpétuellement de caler un grand tableau noir semblable à celui des salles de classe, sur lequel est inscrite cette forte maxime, comme tracée à l'aide d'une craie géante : « Il n'y a pas d'art sans liberté. » Un second personnage est assis à califourchon sur le rebord du toit et tire sur une corde qui retient l'échafaudage. Pour qui n'est pas prévenu, l'illusion est parfaite. Le tableau noir excite probablement la

convoitise picturale des taggers. Un si bel emplace-
ment, vierge de toute souillure, relève à leurs yeux de
la provocation pure et simple. Mais, plus encore que
l'œuvre de Le Gac, celle de Ben s'avère intouchable.
Sauf à s'équiper soi-même de cordes de rappel et de
baudriers, il est hors de question de s'y attaquer. Ben
est décidément hors de leur portée.

Le Dragon

Tous les ans, dans la période qui court de la mi-janvier à la mi-février, les rues de Belleville sont envahies par le Dragon. La communauté asiatique célèbre la fête du Têt. On entend résonner le tambour et claquer les pétards, à la grande joie des gosses du quartier, qui suivent la procession. Vêtus de costumes de soie chamarrés, le visage dissimulé par des masques blancs, les adorateurs du Dragon sillonnent les rues. Le monstre énorme agite une tête hirsute hérissée de cornes et d'épis ; son corps vermiforme ondule, se cabre, se rétracte avant de se déployer de nouveau, comme s'il était atteint d'une indicible souffrance, ou en proie à la plus grande des colères. On le traîne de place en place, et il effectue une halte à la devanture de chacun des restaurants asiatiques de la rue de Belleville. Là, ses adorateurs accrochent des gerbes de pétards en haut des vitrines, qu'ils font exploser en rafale, dans un tintamarre extravagant.

C'est une manifestation païenne, dont on devine la vocation d'exorcisme. Il s'agit de glorifier la nouvelle année, et donc de conjurer le temps qui passe. Ses initiateurs renouent, probablement sans s'en douter, avec une vieille tradition bellevilloise, aujourd'hui totalement oubliée. À l'époque où Belleville commençait tout juste à être Belleville, au XVIIIe siècle, tous les ans avait lieu la « descente de la Courtille », un carnaval échevelé, célèbre dans tout Paris, et que les autorités surveillaient d'un œil soupçonneux, de peur que la fête ne dégénère en quelque manifestation de défi aux puissants. Les fêtards masqués faisaient ripaille dans les guinguettes du Point du Jour, de la Vielleuse, de l'Esprit de sel, et bien sûr chez Dénoyez, qui donna son nom à la rue actuelle. S'y distinguait Charles de La Battut, alias Milord l'Arsouille, un dandy qui ne dédaignait pas de jouer des poings quand l'occasion s'en faisait sentir... Aujourd'hui Carnaval s'est assagi. Après quelques tours de piste, le Dragon réintègre paisiblement son antre.

Pitbulls

Tous les vendredis en fin d'après-midi, j'accompagne mon fils à un petit cours d'éveil musical qui se tient chez des particuliers. Quelques parents ont mis leurs efforts en commun et constitué une cagnotte qui permet de faire appel à une animatrice. Moins d'une dizaine de gosses apprennent par le jeu les rudiments du solfège et s'initient au piano... Le cours a lieu rue de Pali-Kao, face aux nouveaux jardins de Belleville. Pour nous y rendre, nous remontons la rue de Belleville, puis tournons à droite rue de Tourtille. Et c'est là, au carrefour Tourtille/Pali-Kao, que nous croisons immanquablement les pitbulls. Des gamins maghrébins et blacks se donnent rendez-vous au pied des immeubles pour frimer avec leurs chiens. La gueule écumante, excités par les cris, les pitbulls tirent rageusement sur leur laisse. Les passants qui, comme moi, circulent avec un enfant, ne peuvent retenir un petit mouvement de recul. On rase précipitamment les murs afin de mettre une distance supplémentaire entre les fauves et soi-même... c'est alors que, dans le regard des apprentis maîtres-chiens, on peut distinguer un éclair de plaisir, dans leur sourire discerner une grimace de contentement. Ils jouissent. Ils jouissent de la peur qu'ils inspirent par leurs chiens interposés. C'est un moment de revanche qu'ils savourent avec délectation et qui peut se répéter à l'infini. Il suffit de se poster au coin de la rue et d'apeurer le badaud, à peu de frais. À cet instant, à cet instant-là, je les hais. Je ressens des envies de meurtre et l'avoue sans retenue.

Et la mode se répand. Pitbulls, rottweilers et autres molosses, ils essaiment un peu partout dans le quartier. Rarement avec une muselière. Le chien n'est plus un animal de compagnie, c'est une arme par destination, une arme que l'on exhibe en toute impunité, pour intimider, effrayer, en attendant mieux. Et l'on voit ainsi des Bellevillois au look de « petits Blancs » répliquer à leur tour en faisant l'acquisition de ces animaux. Un équilibre de la terreur se met paisiblement en place.

Tontine et tontons flingueurs...

J'imagine volontiers la surprise du vieux Bellevillois, chenu, le visage couturé de cicatrices, buriné par l'aventure, exilé de sa terre natale, qui reviendrait visiter son quartier après quelques décennies d'errance consacrées à bourlinguer aux quatre vents du monde. Planté au carrefour de la rue de Belleville, il scruterait, ébahi, le building qui abrite les bureaucrates encravatés de la CFDT, là où se dressait autrefois la brasserie du Point du Jour, chercherait en vain l'entrée du passage Kuszner, qui a fait place à des rampes d'accès pour les parkings, tenterait, toujours en vain, de distinguer les traces des rails du funiculaire enfouies sous le bitume !

Son regard vacillant se porterait sur la Vielleuse, son décorum ringard, vestige pitoyable d'un passé à jamais condamné. Armé de ses souvenirs, il pourrait pénétrer chez B3, le supermarché de la bricole, où l'on vend des couvercles de WC, des verrous, des vis et des clous, des ampoules halogènes et des sonneries d'alarme ; tout au fond du magasin, entre deux amas de contreplaqué et de tringles à rideau, il verrait les traces des fresques qui ornaient jadis la salle du cabaret Dénoyez... Abasourdi, il piétinerait devant chez ED, l'héritier des BOF, cet épicier des années de crise, qui casse les prix à coups de ruses éculées : beurre soldé des stocks de la CEE, conserves au rabais et surgelés en vrac alignent leurs tristes emballages tout au long de présentoirs qui font irrésistiblement songer à quelque entrepôt moscovite au temps de la splendeur des soviets ! ED, qui a remplacé l'ancien cinéma des Folies.

Il n'en reviendrait pas, le malheureux ! Les marchandes de quatre-saisons ont disparu ! Les artisans, ébénistes, bottiers, couteliers, verriers et autres raccommodeurs de porcelaine ont eux aussi plié boutique. Et ces gamins, crieurs de journaux, coursiers mais aussi apprentis rémouleurs, aides-vitriers, cireurs de chaussures, gosses de la rue, grouillots inlassables, vite usés par le travail, qu'on voyait déambuler dans les cours à la recherche de l'ouvrage : ils ont débarrassé le macadam de leur présence anachronique. Vieillards, ils crèvent aujourd'hui à l'hospice. Le ministère de la Déchéance leur a aménagé des mouroirs aseptisés où ils n'ont plus qu'à attendre la mort en fixant, hébétés, l'écran de télé qui trône au beau milieu de la salle commune. Ils zappent, d'une main tremblante, de Foucault à Lagaf, de Lagaf à Foucault et retour, indéfiniment, au hasard des pubs, en mâchonnant leur dentier vermoulu. Seuls les mendiants – une engeance parmi les plus rebelles ! – restent fidèles au poste, en faction au coin du boulevard de la Villette.

Notre rescapé du vieux Belleville des cartes postales aux teintes sépia, cornées, tachées, triturées par tant de mains avides de retenir ne serait-ce qu'un instant le temps qui s'ingénie à fuir, tituberait sur le trottoir, bousculé par les passants pressés de rentrer chez eux, harcelé par les vociférations de la bande à Nique-ta-mère. Il ne saurait où se réfugier. Il lèverait les yeux vers le ciel où stagnent les nuages saturés de dioxyde de soufre. Il se croirait alors victime d'hallucinations en apercevant les enseignes qui surplombent la rue : dragons crachant leurs flammes électriques, bouddhas dyspepsiques dont la silhouette replète, dopée au courant triphasé, menace à tout instant de disjoncter, et autres nymphes alanguies dans leur kimono de néon blême ont remplacé les plaques de marbre dont s'ornaient les devantures des charcutiers, des pinardiers, des maraîchers, des marchands de balais-brosses et de pierres à briquet. Au Bonheur du Mandarin ! Tai Yen ! Viêtnam ! Cok-Ming ! Phô ! Da kao ! Truyen Van ! Que se passe-t-il donc à Belleville pour qu'on s'y croie brusquement transplanté dans un faubourg de Saigon, de Vientiane, de Canton, ou, pire encore, de leur copie à l'identique du Chinatown de l'avenue d'Italie ?

Autrefois, au temps de l'Empire français, quand les adjudants moustachus quittaient leur Auvergne ou leur Sologne natales pour aller mater les indigènes annamites, au besoin en leur faisant tâter de la baïonnette, on appelait ces derniers les « niaquoués ». Bougnoules de l'Asie, bicots des rizières, piétaille tout juste bonne à courber sa « face de citron » devant le poitrail médaillé des conquérants de la métropole, ils ne valaient guère plus à leurs yeux que le bol de riz dont ils semblaient se satisfaire en guise de ration quotidienne. Madame l'Histoire, magicienne pince-sans-rire à ses heures, a sorti de son chapeau claque quelques insurrections, émeutes, révolutions, massacres et turbulences du même tonneau, avec les conséquences que l'on sait. *Boat people* vietnamien ayant échappé aux mâchoires des requins, émigré cambodgien armé de son seul baluchon, rescapé des camps de la mort tenus par les Khmers rouges, mais aussi et surtout *golden boy* en costard trois-pièces, mandataire arrogant des places financières de Hong Kong, Taiwan ou Séoul, le « niaquoué » effectue un come-back des plus inattendus !

L'adjudant de la coloniale n'y reconnaîtrait plus ses petits phacochères...

Pour l'heure, aux yeux du passant néophyte, Belleville semble avoir été colonisé par les Asiatiques qui sont venus s'y établir depuis une vingtaine d'années. Sur un plan du quartier, plantez la pointe d'un compas à l'angle du boulevard de la Villette et de la rue du Faubourg-du-Temple, et tracez un cercle dont le rayon s'étendrait jusqu'à la rue des Pyrénées : vous engloberez ainsi toute la zone d'influence asiatique, des abords de Ménilmontant, à l'est, jusqu'à la place du Colonel-Fabien en sens opposé ; sa circonférence gardera prisonniers l'îlot Ramponeau, celui de l'Orillon, la rue du Buisson-Saint-Louis et jusqu'aux abords de la rue Saint-Maur au sud. On y dénombre plus d'une centaine de commerces asiatiques. Une cinquantaine de restaurants, tout d'abord, puis une kyrielle de supermarchés, de bijouteries, et encore des agents de change, des salons de thé, sans oublier les magasins de hi-fi, les marchands de gadgets électroniques, les spécialistes de la vidéo. Une invasion ? En apparence. Les canards sèchent dans leur gangue de laque aux vitrines des gargotes, ainsi que les travers de porc caramélisés, suintant de graisse, tandis qu'aux devantures des épiceries d'étranges fruits aux formes inconnues bataillent en compagnie de nos navets et traditionnelles carottes. C'est bien simple, dirait le natif de la Goulette qui vend sa poutargue et sa boukha rue Ramponeau : « On n'est plus chez nous ! » Belleville est devenu chinois. Chinois, vraiment ? À vrai dire, la plupart des 120 000 réfugiés arrivés en France après 1975 n'ont jamais mis les pieds en Chine. Ce sont les descendants des « émigrés célestes » qui, à la fin du XIXᵉ siècle et au début du XXᵉ, ont quitté les provinces du Kwantung et du Fukkien pour s'installer dans la péninsule indochinoise alors colonisée par la France. Ils ont donc une longue tradition de l'exil, qui explique en partie leur extraordinaire capacité d'adaptation.

Belleville a absorbé bien des vagues d'immigrants depuis plus d'un siècle. Ils sortaient du métro à République, saluaient la statue avec reconnaissance, puis poussaient leurs carrioles chargées de hardes vers ces collines aux taudis accueillants. On ne leur faisait pas subir d'humiliantes quarantaines, comme à Ellis Island ; le regard mauvais d'un flic, l'insulte moqueuse d'un employé municipal chargé de tamponner un permis de séjour faisaient office d'examen de passage. À force de travail acharné, ils finissaient par creuser leur trou. Artisans qualifiés ou simples tâcherons, ils en venaient peu à peu à penser qu'ils étaient ici chez eux, et ils avaient raison. Tous ces rescapés des massacres, ces éclopés de la débine, ces survivants des pogroms, au-delà de leur accent si saugrenu, de leurs coutumes étranges, avaient un point commun et un seul, qui en vaut bien d'autres : le roi n'était pas leur cousin, leurs poches étaient vides, ils n'avaient que leurs bras pour travailler ! Leur dénuement les condamnait à la discrétion. Ils cherchaient désespérément à se fondre dans la couleur locale, assez chamarrée au demeurant. Et ils y parvenaient. Au fil du temps, on apprenait à faire connaissance ; le dimanche, le joueur d'accordéon – spécialement venu de Ménilmuche, en exclusivité ! – faisait danser la cadette du tailleur arménien et l'aîné du maçon venu de Toscane, dans l'arrière-salle de la guinguette ornée de lampions.

Tout cela est terminé. En quelques années seulement, les Asiatiques, même si telle n'était pas leur intention, ont marqué le quartier de leur empreinte, avec une étonnante boulimie. Tout se passe comme s'ils en avaient réclamé l'exclusivité. Peu à peu, les commerçants « français », mais aussi arabes – d'authentiques Arabes de Belleville, notez bien ! – ont cédé la place. Les boucheries, les boulangeries, les marchands de couleurs ont plié boutique, pour faire place nette à la razzia venue des rizières ! L'argent « jaune » s'est mis à couler, à flots, sur le bas-Belleville. Les spécialistes ont expliqué cette extraordinaire capacité des Asiatiques à faire fructifier le capital par le système de la « tontine » : une caisse communautaire, gérée collectivement, qui permettrait aux membres les plus méritants d'effectuer des emprunts, de s'installer à leur compte en remboursant progressivement leur dû. C'est à voir. Passe encore pour une quincaillerie délabrée, que quelques coups de peinture et une bonne dose d'huile de coude peuvent transformer en une rutilante officine de réparation de transistors en panne ! Mais pour le reste...

Les Galeries Barbès, qui se dressaient sur deux étages au coin de la rue du Faubourg-du-Temple et de la rue Louis-Bonnet, ont subi en l'espace de quelques jours un lifting radical, une opération de chirurgie esthétique menée comme un Blitzkrieg, à l'issue duquel un restaurant de plusieurs centaines de couverts a ouvert ses portes. Miracle de la tontine ? Eh oui, miracle de la tontine ! Le supermarché du boulevard de la Villette a connu le même sort en l'espace de deux nuits, sans même fermer ses portes ! L'offensive a été conduite avec brio. Le client ébahi, qui était venu le lundi y acheter sa bavette d'aloyau, s'est soudain retrouvé le mardi matin perdu dans un dédale de boîtes de pousses de soja et de sachets de soupe à la citronnelle lyophilisée. Ah, tontine bénie des dieux, qui, d'un coup de baguette magique, terrasse la misère comme saint Michel le dragon ! C'en est à se demander pourquoi les polacks, les ritals, les youpins, les bicots et les nègres qui autrefois rôdaient dans les parages n'ont pas eu une idée aussi lumineuse. La tontine, c'est pourtant si simple ! S'ils avaient été moins ballots, ils auraient mis leurs trois francs six sous dans une tirelire collective, et seraient aujourd'hui les rois de la place !

Puis ce fut le tour du Cok Ming, du Président, qu'une tout aussi misérable mise de fonds parvint à transformer en géants de la restauration ! Ne parlons pas du Newlaville, ce fast-food aux dimensions d'entrepôt, où s'affairent des dizaines de prolétaires de la cuisson à la vapeur : le marchand de merguez du coin de la rue de l'Orillon ne s'en est pas encore remis ! Le China-town, dont les promoteurs ont fait table rase de la vaste salle de sport qui le précédait, a bénéficié d'un élan identique d'humbles cotisants, tous désireux de s'associer pour faire fructifier ensemble leurs insignifiantes économies. C'est qu'il en a fallu, des billets de cinquante francs, roulés en boule dans le bas de laine, pour ériger un tel palais ! Système informatique de paiement ! Rampes halogènes et climatisation ! Karaoké et synthétiseurs ! Le cafetier tunisien qui entend toute la sainte journée tintinnabuler son flipper à bout de souffle et sert ses petits noirs à une clientèle fauchée n'a toujours pas saisi le système de la tontine, sinon, il aurait déjà été nommé calife à la place de l'inspecteur des impôts !

De même, quelques sous, patiemment épargnés pièce par pièce, mises dans le pot commun après de cruels efforts, permettent, c'est bien connu, d'ouvrir une bijouterie. Elles ont donc évincé, par dizaines, les marchands de « shmatess », les charcutiers et les tripiers. Si l'on en croit les commerçants qui ont baissé les bras, le manège était toujours le même. Une première visite de simple courtoisie, quelques sourires. Une deuxième, plus solennelle : on apporte un joli bouquet de fleurs pour Madame. Une troisième, qui permet d'abattre les cartes, en l'occurrence une valise remplie de billets de banque. Dessous-de-table en option, si le détenteur du bail est récalcitrant. L'URSSAF, les caisses de retraite complémentaire et le fisc sont déjà passés pour prélever la gabelle, alors on se laisse fléchir. Le temps est venu de prendre un repos bien mérité dans son village du Gers ou de la Sarthe. Adieu, l'étal du traiteur du coin de la rue du Buisson-Saint-Louis, envolé, à la retraite, le fromager de la rue du Faubourg-du-Temple !

Qu'on m'entende bien, il n'y a aucune méchanceté, ni naïveté dans mon propos. La loi du plus fort est toujours la meilleure. Le chaource ou l'époisses, en dépit de leurs indéniables qualités gustatives, ne sauraient prétendre supplanter la brochette de poulet au saté ou le potage à la méduse. La montre Swatch, universellement distribuée, mérite d'inonder l'échoppe bellevilloise autant que le sandwich tunisien qui l'avait conquise de haute lutte, après avoir lui-même terrassé le strudel aux pommes ou le geffilte fish. A fortiori si l'enveloppe à palper échappe en partie à monsieur le percepteur.

La prospérité aidant, les banques asiatiques ont elles aussi fait leur apparition sur le pavé bellevillois. La fameuse tontine est définitivement reléguée au bazar des accessoires folkloriques. On joue cartes sur table. Les banques, donc. On y convertit le dollar, le sucre et le peso en autant de yens ou de zlotys, et ce, en moins de temps qu'il n'en faut pour le dire ! Aucun doute : « On n'est plus chez nous ! » La logique commerciale est aveugle. L'argent est roi, et rien ne peut arrêter ses ravages. Mais gare ! C'est la création d'un ghetto qui est en jeu. Un ghetto soft, aux frontières invisibles et pourtant insurmontables...

Galéjades ? Pas si sûr ! Si demain, à la faveur de je ne sais quel caprice, l'argent des émirats arabes se déversait sur la rue Jean-Pierre Timbaud, nous aurions une nouvelle place forte, musulmane intégriste, celle-là ! Coincée entre les remparts de la cité interdite et cette nouvelle oasis irriguée par les dinars d'Allah, la communauté juive n'aurait d'autre ressource que de se murer dans un béton de lamentations préventives, pour garantir sa sécurité. Affolés par cette partition du territoire, les Blancs pur sucre se verraient contraints à la retraite dans des tours inexpugnables, elles-mêmes subdivisées en protectorats laïques, protestants ou catholiques ! Qui sait, même les staliniens pourraient alors prétendre à leur zone libérée, toute racornie, mais délivrée du règne de la marchandise, de l'esclavage du salariat ? À la lisière des châteaux forts de béton, ils contrôleraient de minuscules sentiers lumineux où la famille, la propriété privée et l'État seraient abolis par simple décision du Comité central ! La ville se réduirait à la juxtaposition de bantoustans hostiles les uns aux autres, jaloux de leurs prérogatives, avant tout soucieux de baliser leurs territoires respectifs. Charmante perspective. New York-sur-Seine. Ni plus ni moins. Avec, à la clé, des affrontements ethniques dont la guéguerre que se livrent feujs, beurs et blacks du côté de Sarcelles nous donne d'ores et déjà un avant-goût amer.

Je grossis le trait, évidemment. J'exagère. Le véritable ghetto sépare les riches et les pauvres, les abonnés à Canal Plus et les SDF, les propriétaires de R 25 et les habitués de la soupe populaire. Il n'empêche. La tribu, la religion gagnent du terrain, de jour en jour. Elles sont sœurs, et savent conjuguer leur trouble complicité pour exercer leurs ravages. Le « mur de l'argent », disait-on. Celui du faciès lui apporte son secours. Les forteresses qu'ils sont à même de construire ensemble sont des plus redoutables.

Les zonards de la bande à Nique-ta-mère nourrissent déjà une sourde rancœur à l'encontre des Jaunes. Leur réussite spectaculaire est une véritable insulte à leur propre incapacité à s'intégrer dans une société régie par le fric tout-puissant. La bavure est au coin de la rue. Une modeste épicerie laotienne, située au pied des immeubles de la rue Rébeval, a longtemps servi de défouloir à leur agressivité. Saccagée, vandalisée, pillée, elle survit envers et contre tout. On se choisit des adversaires à sa mesure : les cageots de patates et les étalages de Coca prennent soudain des allures de Grand Satan qu'il est aisé de malmener, sans risque de voir la population s'émouvoir. Les Arabes volent le pain des Français, ricanent les militants du Front national. C'est la faute aux Chinois si on galère ! rétorquent lesdits Arabes. La connerie ambiante met en pratique la théorie des dominos avec un entrain qui fait peine à voir.

Durant l'été 99, un nombre impressionnant de vols à l'arraché se sont produits aux alentours de la place Marcel-Achard, avec toujours le même scénario, toujours les mêmes victimes. Un Asiatique passe dans la rue, trois ou quatre gamins maghrébins et blacks surgissent derrière lui, l'un d'eux lance sa jambe pour un croche-patte, l'autre saisit la lanière du sac à main et c'est la fuite. Le « Jaune » reste ébahi, à hurler, réalisant bien vite qu'il ne parviendra jamais à récupérer son bien. Les agressions contre des commerçants asiatiques, menées par des bandes black et beur de la rue de l'Orillon, se sont elles aussi multipliées, preuve s'il en est que l'on peut passer à la vitesse supérieure. Les associations asiatiques ont parlé de former une milice, et c'est alors que la police s'est décidée à intervenir avec plus de fermeté...

Faisons calmement le point. Le typhon jaune n'a pas encore vaincu, en dépit des fabuleux miracles de la tontine. On pouvait le croire invincible, tant son impétuosité menaçait de tout emporter. Il a lancé quelques lames de fond à l'assaut de la vieille citadelle bellevilloise, espérant la bousculer, comme Yukong déplaçait les montagnes. Le temps d'un premier bilan « géopolitique », même à une échelle si réduite, est venu. Le quartier du bas-Belleville, c'est-à-dire la rue elle-même, ses abords immédiats, ont été durement touchés par la marée. Le limon asiatique qui s'y est déposé est en voie de sédimentation. Les lagunes de la rue de la Présentation, de la rue Louis-Bonnet ont éponné les eaux stagnantes. Ce sont les plus atteintes. Quelques îlots juifs séfarades subsistent toutefois à fleur d'eau. On y débite encore la merguez et le houmous. De même vers l'est, où la rue Civiale, le carrefour Buisson-Saint-Louis ont eu à subir quelques dommages. Plus loin encore, dans la même direction, vers Colonel-Fabien, on distingue quelques dépôts fragiles, qu'un flux arabe ou turc pourrait bien éroder.

À l'ouest, sur les polders du boulevard de Belleville, les colonies de peuplements séfarades sont trop bien implantées pour céder la place. Quoique... un fabricant d'enseignes s'est récemment lové entre deux restaurants casher, rue Ramponeau ! Entre les étalages de falafels, il expose les fameux dragons et autres bouddhas pansus qui ornent les restaurants des environs. Le nord, direz-vous ? C'est que le relief est accidenté ! Il faudrait un coefficient de marée des plus puissants pour franchir l'obstacle. Les vents ont bien porté l'écume jaune jusqu'au-delà de la rue Jouye-Rouve, mais les quelques résidus qu'on y rencontre semblent péricliter dans un milieu hostile. On a récemment repéré une recrudescence de Kebap Salonu, grands producteurs de sandwichs-frites à l'oignon et de tarama, originaires des rives du Bosphore ; galvanisés par cet exemple, les cafetiers franchouillards, accrochés à leur percolateur comme la moule à son rocher, ne semblent pas disposés à disparaître de ce recoin de la côte urbaine. Ils ont même reçu le renfort d'un restaurateur polonais, vite remplacé par un Africain, qui s'est incrusté sur un bail précaire au carrefour Julien-Lacroix, telle la bernique à flanc de récif ! Au-delà du carrefour Pyrénées, on aurait pu penser que les Asiatiques n'avaient aucune chance de prendre racine. Le traiteur du Quercy, le fromager du Lot, le tripier aveyronnais chassent dans leurs eaux pélagiques, à l'instar du requin, sournois, trop grand prédateur de la faune qui le nourrit, trop dépendant d'elle, pour tolérer la concurrence de bancs exotiques ! Erreur. Procédant par petits coups d'épingle, les Asiatiques amorcent un nouvel assaut vers l'église Jourdain...

Reste le sud. La rue du Faubourg-du-Temple, qui descend en pente douce vers la République, offre bien des criques, des abers, de minuscules estuaires, où la marée jaune pourrait déposer ses alluvions. Hélas, malgré quelques tentatives méritoires, les Célestes n'ont pu y prendre réellement pied. Un entrelacs de bouis-bouis kurdes, d'épiciers arabes, de soldeurs africains, de marchands antillais qui proposent tout un attirail d'accessoires magiques façon vaudou s'est dressé sur leur passage. Plus bas encore, au carrefour de la rue Saint-Maur, c'est une véritable digue qui a été érigée. Boucheries hallal, restaurateurs grecs, traiteurs yougoslaves, tous ont conjugué leurs efforts pour bâtir un mur infranchissable.

Confinée dans un cul-de-sac balayé par des vents ethniques des plus violents, la colonie asiatique va donc devoir survivre sur son maigre domaine, en proie à l'assaut des courants contraires. Fera-t-elle front ? Saura-t-elle préserver sa singularité, ou, comme les communautés qui l'ont précédée, connaîtra-t-elle une déchéance progressive, irrémédiable, issue de mariages mixtes, de combines financières, voire de simples copinages de bistrot ? Qui sait ? Dans dix ans, dans cinq ans, dans six mois, le natif de Canton ou de Hanoi vitupérera peut-être de nouveaux immigrants, bosniaques, tchétchènes, gagaouzes ou mauritaniens, venus lui disputer son coin de trottoir... On n'est plus chez nous, dira-t-il, avec un sourire mauvais, en jouant sa partie de jacquet avec son copain kurde, au comptoir d'un café grec !

Par souci d'intégration rapide, les Asiatiques donnent des prénoms français à leurs rejetons, afin de leur faciliter la tâche. François N'Guyen Lap, Ludivine Duc Tho, voilà un viatique des plus précieux pour un métissage tout en douceur. C'est une innovation. Jusqu'à présent, leurs prédécesseurs en terre bellevilloise n'avaient jamais eu une si riche idée : les Jules Boubakeur sont aussi rares que les Aristide Ben Taïeb !

En attendant, la présence des « Jaunes » alimente bien des fantasmes. Qui ne se souvient des rumeurs qui prétendaient que jamais on n'enregistrait un décès d'Asiatique ? Mais où passent donc les cadavres ? se demandait le gastronome en lorgnant d'un œil soupçonneux les raviolis ha-kao qui atterrissaient dans son assiette. Le temps du folkore est révolu et le voile commence à se déchirer. Il suffit de lire les pages des faits divers pour se renseigner.

Jusqu'à une date très récente, la criminalité frappant la communauté asiatique y restait rigoureusement circonscrite. Les différends qui pouvaient surgir entre ses membres étaient rapidement étouffés par une sorte d'omerta à la sauce aigre-douce. Maintenant, ils éclatent au grand jour. Des affaires de racket ont fini par filtrer après qu'une subite épidémie de jets de pavé sur des vitrines de restaurant eut alerté les observateurs les plus distraits. De même, un prétendu salon de coiffure, où officiaient de jeunes créatures aux mains expertes en massage, a attiré l'attention de la police, qui a fini par réagir. Il était situé rue Rampal, juste en face de l'entrée de l'école maternelle que fréquentait mon fils. Plus grave, un réseau de médecine parallèle a lui aussi été démantelé. Les femmes asiatiques qui avaient recours aux bons soins de ces praticiens sans scrupules payaient cash des prestations bien au-delà de la limite du tolérable. On avortait à tour de bras, à l'abattage, dans des conditions d'hygiène lamentables, après le cinquième mois de la grossesse...

Et ce n'était que broutilles. Certaines filières d'immigration clandestine, contrôlées par la pègre du cru, ont été mises au jour. Le coolie nouveau est arrivé. Il aspire à trimer dans les restaurants ou les ateliers de confection et doit verser une forte somme pour payer son installation en France. L'immensité du territoire d'origine, la complexité des réseaux ethniques donnent des sueurs froides aux enquêteurs chargés de se pencher sur le problème. Le sud-est de la République populaire de Chine, et notamment la province du Zhejiang, semble fournir une main-d'œuvre docile. On exige des impétrants de fortes sommes en guise de droit d'entrée. Le racket est fructueux : à raison de 50 000 à 120 000 francs par tête de bétail, le bénéfice est grand. S'ils refusent, c'est la correction assurée, avec kidnapping à la clé, sévices divers, tabassage à coups de marteau, viol s'il s'agit de femmes. Bienvenue dans le monde enchanté de Chinatown !

Autre chapitre douloureux, celui de la drogue, encore et toujours. Le pavot récolté dans le Triangle d'or et réduit en poudre par les soins des gangs liés aux célèbres Triades est ensuite déversé par tombereaux entiers sur Los Angeles, Chicago, Londres, Madrid ou... Paris. Bien naïf celui qui croirait que la pieuvre n'a pas installé un de ses tentacules du côté de l'avenue d'Italie ou du boulevard de Belleville. Le sujet est tabou, et la brigade des stupéfiants avare de confidences !

Pour qui habite Belleville comme moi depuis une quinzaine d'années, un autre fait, tout aussi troublant quoique plus anodin, ne manque pas d'intriguer le promeneur. Reprenons notre compas et plantons la pointe sur le plan du quartier, au carrefour des quatre arrondissements, c'est-à-dire au croisement de la rue du Faubourg-du-Temple et du boulevard de la Villette. Dans un rayon d'à peine trois cents mètres, le promeneur insouciant pourra dénombrer une bonne vingtaine de grossistes en fournitures pour machine à coudre : bobines de fil, pièces détachées diverses, ciseaux de toutes dimensions... Il y a là de quoi équiper une véritable armée de tailleurs. Avec une telle profusion de matériel, d'évidence, les environs sont devenus un des hauts lieux de la confection du prêt-à-porter parisien ! Il est vrai qu'on voit des Tamouls ou autres Sri-Lankais manier des diables chargés de ballots de tissu du côté de la rue Sainte-Marthe, et que les nombreux passages qui débouchent dans la rue du Faubourg-du-Temple résonnent du ronron des machines à coudre. De même, en y regardant bien, on aperçoit des ateliers de couture dans les renfoncements de la rue Ramponeau, voire rue Rébeval. Pourtant, il n'y a là rien de comparable avec le grouillement qu'on peut observer dans le Sentier, où les camions vont et viennent par centaines pour charger des tonnes de vêtements ; les portiques garnis de cintres encombrent les trottoirs, les portefaix – toujours tamouls et sri-lankais, payés au noir – attendent au coin de la rue qu'on veuille bien leur offrir un peu de travail. Rien de com-

parable à Belleville. C'est tout juste si, de temps
à autre, au hasard d'une déambulation dans le quartier, on voit soudain s'ouvrir une porte soigneusement cadenassée au beau milieu d'une façade dont les
fenêtres sont garnies de parpaings ; le conducteur
d'une camionnette garée en double file, rue Pradier ou
rue des Envierges, enfourne à toute vitesse de gros
colis avant de claquer le hayon et de disparaître au
carrefour. Rien que de très insignifiant. Il faut donc
croire que les Bellevillois aux yeux bridés, grossistes
en fournitures pour machine à coudre, vivent chiche-
ment et que, s'ils se livrent ainsi une concurrence
effrénée, c'est par manque de discernement commer-
cial. À moins de conclure que le quartier serait truffé
d'ateliers clandestins, dont on extrairait la marchandise en douce, mais ce serait là faire preuve d'un bien
mauvais esprit...

Quand je suis venu habiter rue Hector-Guimard, je
travaillais encore sous la férule du ministère de la Justice, en qualité d'enseignant de l'Éducation surveillée.
Séduit par la cuisine asiatique, je fis quelques incur-
sions dans les restaurants voisins. Un jour que je réglais
mon repas par chèque, le caissier d'une de ces gargotes
me demanda une pièce d'identité. Fouillant mes
poches, je n'en trouvai pas d'autre que celle, barrée de
tricolore, qui attestait de ma qualité de serviteur de
l'État. Impressionné par le liseré bleu-blanc-rouge qui
barrait le document, il me gratifia d'un sourire enjôleur
et me rendit ma carte professionnelle avec un geste
apaisant, sans même prendre note des renseignements
qui y étaient mentionnés. Dès lors, chaque fois que je
pénétrais dans l'établissement, j'étais accueilli par un
quarteron de serveuses frétillantes qui me proposaient
une table retirée et m'offraient dare-dare un apéritif.
« Police très bong ! » s'écriait le caissier, jamais avare

de compliments. J'aurais pu pousser l'avantage, sans doute, mais mon intégrité me l'interdisait. À 22 francs la soupe de poulet à la citronnelle, je rêvais d'autres offres de corruption, bien plus lucratives. Et qui ne vinrent jamais.

Le bunker

Le bas-Belleville est très pauvre en équipements culturels, de même que l'ensemble de l'arrondissement. Ce n'est que très récemment qu'un cinéma, le MK 2, s'est installé sur les rives du canal de l'Ourcq, à Stalingrad. Il attire une clientèle nombreuse, mais très intello. Un centre social propose quelques activités aux jeunes des cités, mais, privé de subventions à la hauteur des besoins, ne semble guère remporter un franc succès. Seul, échoué comme une épave sur la grève après une grande marée, un curieux bâtiment se dresse au coin des rues Hector-Guimard et Jules-Romains. Il s'agit du centre des Arts du Verre. Les apprentis souffleurs s'y réunissent pour fabriquer des bouteilles ou différents objets en pâte colorée sous la conduite de moniteurs. Dès les premiers beaux jours, les portes s'entrouvrent et l'on peut apercevoir les fours, les longues tiges qui servent à souffler la pâte, ainsi que les productions des élèves, rangées sur des étagères. C'est une curiosité intéressante, qui intrigue beaucoup mon fils. Nous n'avons encore jamais eu l'occasion d'y faire une incursion en dépit de mes promesses répétées, et il ne manque pas de me le reprocher.

Petit à petit, au fil des mois, ce bâtiment, un grossier préfabriqué à l'allure sinistre qui évoque bien plus une annexe de commissariat qu'une boutique d'artisan, s'est transformé en bunker. Les vitres ont été renforcées de barreaux et opacifiées à l'aide de papier adhésif brillant, comme des miroirs sans tain. Les portes ont été lourdement cadenassées et équipées de cornières anti-pinces, et le toit lui-même a été hérissé de fil de fer barbelé sur tout son périmètre. Je n'exagère pas ; un réseau très dense, torsadé et hérissé de piquants, court le long de la corniche. Du barbelé, il n'y a pas d'autre mot. Les jours de grand vent, des sacs de plastique viennent s'y accrocher et égayent ainsi l'atmosphère. Couverts de tags, les murs servent aussi de panneau d'affichage sauvage pour les groupes marxistes-léninistes turcs ou kurdes qui ont trouvé là le support idéal pour une propagande qui – on s'en doute – passionne follement les riverains. On y voit des prolétaires briser les chaînes de l'exploitation à grands coups de marteau, avec un enthousiasme des plus communicatifs.

Briser les chaînes ? Quelle idée saugrenue ! Blindages, barreaux, barbelés fleurissent à l'envi dans tout le quartier, au contraire. C'est une véritable architecture de dissuasion qui se met en place. À quand les douves, les meurtrières ? J'imagine que si les responsables de l'Atelier, dépendant de la Mairie de Paris, en sont venus à de telles extrémités, c'est qu'ils avaient de bonnes raisons. Les écoles des alentours, régulièrement « visitées » par les cambrioleurs, ont recours à des stratégies identiques. Les pelouses de la place Marcel-Achard ont été, elles aussi, entourées de grilles pour les protéger des assauts des clochards. Les rares espaces de liberté sont ainsi progressivement interdits d'accès.

On verrouille tout ce qui peut l'être, mais parfois le « mobilier urbain » résiste à cette manie de clôture avec une force d'inertie insoupçonnée. Ainsi, le réseau de pergolas qui courent le long du square Marcel-Achard et qui, à l'origine, devaient être garnies de plantes grimpantes, est resté au stade de squelette. Les jolies pergolas servent de barres fixes improvisées pour les gosses des cités et cèdent peu à peu sous la charge. Malmenées, dépecées à certains endroits et pendant sur leurs soudures rompues, leurs arches d'acier sont réduites à l'état de carcasses absurdes, plantées là comme par mégarde ; elles encombrent le terrain à la manière de vestiges préhistoriques, dont tout le monde ignore l'usage mais que personne n'ose détruire, de peur de faire disparaître les traces d'une civilisation mystérieuse et condamnée par on ne sait quel cataclysme tellurique. Sur la maquette des concepteurs du projet d'aménagement du bas-Belleville, ce devait être bien différent. Les pergolas étaient fleuries, les couleurs étaient vives, joyeuses, comme sur les dioramas qu'on voit dans les boutiques de trains électriques miniatures. Quelle touchante attention.

La dégradation est très lente. Les riverains, mithridatisés par les coups portés à leur environnement immédiat, s'y accoutument imperceptiblement. Un tag par-ci, un clodo calfeutré dans une encoignure de porte par-là, un panneau de signalisation renversé, une mobylette à demi démontée et abandonnée dans une flaque d'huile un peu plus loin, une seringue dans un caniveau ; et le tour est joué. Infesté à la toxine de la misère à dose homéopathique, l'*Homo bellevillus* oublie peu à peu à quoi ressemble une ville digne de ce nom. À l'abri derrière sa porte blindée, la mémoire saturée d'images de fils de fer barbelés et de grilles, de portes anti-vandales, bientôt sans doute armé de caméras de détection des intrus en bas de chaque immeuble, il voit son univers se rétrécir aux dimensions d'une cellule bien douillette hors de laquelle il ne fait pas bon s'aventurer.

Mon fils et les autres enfants du quartier grandissent dans ce décor dont les éléments partent en lambeaux les uns après les autres, comme dans un théâtre qui ne fait plus recette et qu'on a renoncé à restaurer. Ils se sont familiarisés avec les digicodes sans aucun problème, et n'imaginent même pas qu'une porte d'immeuble puisse être simplement poussée. De même, la présence des SDF mendiant au coin de la rue leur semble aller de soi. Il y a les gens normaux, qui vivent dans des maisons, et les pauvres, qui dorment dans la rue, point. Nos mises en garde contre les seringues qui jonchent les pelouses ou les allées de parking ne les choquent pas davantage. C'est grave, dangereux ? Soit ! Ils le comprennent sans réaliser qu'à nos yeux il s'agit d'une agression intolérable, relativement inédite, à laquelle nous n'avons pas encore pu nous habituer. Du haut de leurs six ou sept petites années, à quelle autre échelle de valeurs pourraient-ils se référer ?

Bistrots, troquets, tripots

Belleville était autrefois une terre de vignoble ; une solide tradition vit fleurir les bistrots tout le long de la rue. On y mettait les tonneaux en perce et l'on pouvait siffler un coup de rouge en dégustant une tartine de fromage de chèvre, dont quelques troupeaux broutaient l'herbe tendre des Buttes-Chaumont. Au XVIIᵉ siècle déjà, l'actuelle rue Dénoyez était un sentier desservant les jardins et les vignes qui s'étendaient alentour. De même la rue Ramponeau, qui doit son nom à un caba-retier célèbre chez qui les Parisiens allaient « rampon-ner », c'est-à-dire festoyer et courir le guilledou. Cette tradition est bien morte. Les guinguettes, les musettes qui pullulaient dans le quartier jusqu'à l'après-guerre ont une à une baissé le rideau. Le dernier de ces lieux de perdition, la Java, rue du Faubourg-du-Temple, est sévèrement menacé de démolition. Aujourd'hui, seuls les restaurants asiatiques ouverts à toute heure du jour et jusque fort tard dans la nuit maintiennent une cer-taine animation. La Vielleuse elle-même, sentinelle impavide de la déchéance du quartier, s'est offert un lifting à coups de plastique et de polyuréthane.

Que reste-t-il ? Les Folies et le Vieux Saumur, plan-tés de part et d'autre de la rue Dénoyez, persévèrent dans leur effort méritoire de prosélytisme alcoolique.

Les tenanciers du Vieux Saumur n'ont certainement jamais assisté à un quadrille du Cadre noir ; ils évoqueraient plus volontiers les méharées menées par leurs ancêtres, mais qu'importe ? Plus haut dans la rue de Belleville, on croise un de ces inévitables débits de tabac flambant neuf, sordide, où s'agglutinent les paumés, joueurs de Loto, de Tac-o-Tac ou de Millionnaire. Les allocations familiales, voire le RMI, partent en fumée dans l'achat de promesses de rêve à la petite semaine.

Les Asiatiques ont évidemment envahi ce secteur des plus lucratifs. On les voit prendre la gérance de débits de boissons et servir le pastaga, le kir ou le picon-bière avec une aisance surprenante, délaissant ainsi le saké ou la liqueur Mei-Kwa Lou pour se convertir à la bibine locale. Quelques vitrines opacifiées à l'aide de verre dépoli témoignent cependant d'une volonté de maintenir une certaine distance entre les Célestes et le tout-venant bellevillois. Elles sont fort discrètes et n'attirent le regard que de l'observateur averti. Un de ces estaminets où l'on s'adonne au mah-jong et sans doute à d'autres jeux d'argent se tenait à l'entrée de la rue de Tourtille mais a déménagé pour de mystérieuses raisons. Une boucherie de la rue du Buisson-Saint-Louis, vidée de ses occupants, a pris le relais. Quand la porte est entrouverte par pure inadvertance, on peut apercevoir des tables autour desquelles se réunissent des convives au regard sévère. Inutile de tenter d'entrer pour siroter un demi, ce serait sacrilège...

On joue aussi, et beaucoup, du côté de la rue Ramponeau. La clientèle juive séfarade, exclusivement masculine, consomme la boukha ou l'anisette dans des arrière-salles enfumées et décorées de chromos aux teintes chatoyantes. Les pistes de jacquet, de 421, les cartes sont sur le comptoir, à disposition. On sert la kémia à volonté, on s'engueule, on salue une connaissance qui passe sur le trottoir, avec, pour toile de fond sonore, un air de violon andalou, une mélopée d'Oum Kalsoum, une complainte de Reinette l'Oranaise. Dans le même registre, mais sur un mode plus « branché », l'établissement le plus étrange de tout le quartier est sans conteste situé rue Lemon. Henrino : *The most kasher restaurant of Mexicana Cantinas* ! proclame sobrement l'enseigne, sans oublier d'ajouter qu'Henrino Inc. possède des succursales à Tijuana, Sacramento et San José. No comment !

Il y a une quinzaine d'années, quand on a commencé à casser les troquets parisiens, les Nippons en rachetaient les pièces détachées – banquettes de moleskine, tables à plateau de marbre et socle de fonte, comptoir de zinc – pour les réinstaller à l'identique dans les faubourgs d'Osaka ou de Tokyo. Ainsi verra-t-on peut-être, en retour, dans un avenir proche, la rue de Belleville envahie par une noria de cars japonais échappés du château de Versailles ou du Moulin-Rouge... ce sera vraiment la fin.

La Valse brune

Bien des communautés se sont succédé à Belleville et s'y sont peu à peu diluées. Les Grecs, les Turcs, les Polonais qui arrivent aujourd'hui se livrent au remake d'un film joué il y a quelques décennies et dont leurs grands-pères étaient déjà les figurants. On tournait des histoires similaires, ailleurs. Assourdissante litanie de l'immigration, de la misère. America, America ! proclamait, émerveillé, Stavros, le personnage d'Elia Kazan, penché sur le bastingage du cargo qui fonçait sur Ellis Island. Dans les années trente, Belleville était un petit New York. La statue de la République valait bien celle de la Liberté.

Les Arabes et les Africains réécrivent un scénario similaire, en compagnie des Kurdes et des Tamouls, mais avec infiniment moins de chances de succès. Les studios ont fait peau neuve. Les décors naturels sont toujours en place, mais le régisseur est laotien, le metteur en scène chinois, le preneur de son vietnamien. Le public lui-même est plus exigeant. Tous les soirs, le journal télévisé dresse le hit-parade de la souffrance planétaire, du Kosovo à Timor, quasi in extenso. Entre guerre, massacre et famine, on s'y perd. La France, avec des efforts méritoires, produit désormais ses propres crève-la-faim, en masse, et se refuse à en importer.

Aux marches de l'Europe, dans le détroit de Gibraltar, les gardes-côtes espagnols font la chasse aux fous embarqués sur des rafiots de fortune et qui cherchent à se faufiler entre les mailles du filet. Les *boat people* de l'an 2000 auront la peau noire. L'immigré sera refoulé dans les eaux de la Méditerranée. Il n'atteindra plus Belleville, son Chinatown, ses cités de béton, ni ses jardins, ses squares où fleurissent les seringues, les épluchures de citron, et où s'ébat le clodo, son frère d'infortune, celui-là même qui, parfois animé d'un sentiment patriotique saugrenu, ne rechigne pas à flétrir le bicot, le nègre menaçant de venir lui disputer les pièces de dix francs que distribuent les nantis.

– Mendiants de tous les pays, unissez-vous ? lui suggère-t-on.

– La France aux Français ! proclame-t-il, la voix pâteuse, la main rivée sur son kil de rouge.

Mais puisque l'avenir est sombre, réfugions-nous dans le passé. Parmi le flot de miséreux qui élurent domicile dans les taudis de Belleville, il est une espèce qui a disparu à tout jamais et dont on ne peut détecter la présence qu'à l'état de traces, à la manière des naturalistes scrutant la roche pour y découvrir des fossiles. Belleville était jadis une terre juive, un fragment du Yiddishland, une bouture transplantée de Lituanie, de Galicie ou d'Ukraine. Les cosaques avaient chassé le youpin de leur domaine, massacrant ici et là, avec nonchalance, à coups de fouet, de sabre ou de pistolet. Ils n'étaient pas les seuls à se livrer au pogrom, une distraction à la mode de l'époque ; on pratiquait le même sport à Varsovie, Oswiecim ou Lwow.

Luftmenschen, textuellement réduits à vivre de l'air du temps, comme on dirait d'amour et d'eau fraîche, les Juifs ashkénazes affluèrent en masse à Belleville, croyant avoir enfin trouvé un havre de paix sur le sol

de la République française. Tailleurs, fourreurs, cas-
quetiers, ils envahirent les courettes, les sombres ateliers où ils installèrent leurs machines. Belleville était
devenu une annexe du *pletzl* de la rue des Rosiers.

Un certain jour de juillet 42, on leur fit payer le droit
du sang. Les flics parisiens, ces braves hirondelles qui
suaient sur leur vélo en remontant du Faubourg-
du-Temple jusqu'à Pyrénées, avaient soigneusement
repéré le terrain, engoncés dans leur pèlerine, le calepin
dans la poche, pour tenir à jour le fameux fichier. Il y
eut malgré tout quelques survivants, et, à la fin de la
guerre, d'autres rescapés vinrent renforcer la maigre
cohorte de ceux qui avaient échappé au massacre.

Les Ritals, les Espingos, les Polacks, les Arméniens,
les Grecs, tous ces va-nu-pieds qui peu à peu s'étaient
mis à croire à la devise gravée au fronton de la mairie
où ils allaient faire tamponner leur passeport, furent
autorisés à se fondre dans le décor. Les Juifs non.
L'État français avait un compte à régler avec eux depuis
l'affaire Dreyfus. L'heure de la curée avait sonné. Eps-
tein, Mendelbaum, Szalcman ou Rosenfeld, tassés les
uns contre les autres sur les bancs du Vél'd'Hiv avec
leurs enfants, durent régler la note.

Dans les années 30, rue de la Présentation, rue de
l'Orillon, et sur le boulevard de Belleville lui-même,
on ne dénombrait plus les boulangeries, les épiceries,
les restaurants où l'on pouvait acheter quelques tran-
ches de pickle fleish, du foie haché, des beigels, ou
déguster le geffilte fish, le strudel au pavot... Arrimé à
son coin de trottoir, un violoniste originaire de Bialys-
tok jouait *Lomir sich iberbeiten* à quelques mètres de
l'accordéoniste qui étreignait son piano à bretelles aux
accords de *La Valse brune*. Brune, la valse, effective-
ment, qui allait emporter dans son tourbillon le violo-

niste, son fils et son grand-père avec lequel ils avaient rendez-vous à Treblinka.

Aujourd'hui, d'autres Juifs ont remplacé les yids d'autrefois. Natifs de la Goulette ou d'autres ports méditerranéens, ils ont pris possession de la rue Ramponeau et alignent leurs étalages de merguez, d'olives, de poutargue et de piments jusque sur le trottoir. Curieusement, les sectateurs du rabbi de Loubavitch – ces hommes vêtus de noir qui filent sur le boulevard, les yeux rivés sur le bitume comme pour se préserver des influences de Mammon, mais désireux de lire les commentaires de la Torah dans le texte – s'initient au yiddish, avec l'ardeur du néophyte. C'est dans le silence des *yeshivot* qu'ils déchiffrent les parchemins, en secret. Ils étudient le yiddish à la manière des séminaristes qui se penchent sur les écrits de saint Augustin en latin d'Église.

Jusqu'à une date récente, il subsistait un restaurant ashkénaze rue de la Présentation, l'International (tout un programme, n'est-ce pas ?), mais il a été remplacé par une gargote vietnamienne. À quelques numéros de là, Chez Bernard, un traiteur où l'on pouvait acheter du klops, des cornichons malossols et de la vodka au poivre, a succombé devant l'assaut du bulldozer qui a embouti la rue de part en part. Idem le traiteur-boulanger au coin de la rue Louis-Bonnet.

On n'entend presque plus parler yiddish, dans le quartier. La langue est morte, emportée dans un tourbillon fatidique, sans doute avec les cris de détresse de cette femme qui, le 16 juillet 42, sauta par la fenêtre de son appartement de la rue de Belleville avec son enfant dans les bras, pour échapper à la déportation. Il faut tendre l'oreille, faire preuve de patience. Sur les bancs des Buttes-Chaumont, une poignée de vieillards désœuvrés conversent à voix basse, presque en secret.

En yiddish. Pour peu qu'on leur prête attention, on saisit quelques phrases, au vol, oui, vraiment comme si on les volait. Les fantômes de la rafle continuent de murmurer à nos oreilles, d'un chuchotis presque imperceptible. Ils nous livrent un secret indicible, qui jaillit des ténèbres, et flotte dans l'air parmi les cerisiers qui fleurissent sur les rives du lac, les cerisiers dont les branches frémissent sous le vent printanier. Et c'est en toute innocence que l'accordéoniste qui s'installe chaque dimanche matin au tabac de la rue de Belleville joue *La Valse brune*.

Le REP et les déserteurs

Les écoles du bas-Belleville, rue Rampal, rue du Général-Lassalle, etc., relèvent toutes d'un « REP ». Ces initiales absconses indiquent que le quartier est officiellement reconnu pour difficile par les autorités du rectorat qui l'ont classé « Réseau d'éducation prioritaire ». Avec un titre aussi ronflant, on s'attendrait à voir déferler sur les classes des bataillons de pédagogues équipés d'un matériel sophistiqué ; il n'en est rien, évidemment. Les quelques moyens supplémentaires saupoudrés ici ou là, notamment des instits remplaçants – pardon, des « professeurs des écoles » –, sont peu susceptibles de pallier les difficultés rencontrées par les enfants ! Si le réseau est « prioritaire », alors, c'est qu'ailleurs on n'est sans doute pas encore informé de l'invention de l'imprimerie...

Les documents officiels qui analysent la population locale indiquent que les ouvriers représentent le gros des troupes (36,2 %), suivis des cadres moyens (21 %). Viennent ensuite les professions libérales (8,9 %), talonnées par les professions « indéfinies » (*sic*). Les « sans-emploi » recensés seraient au nombre de 6,3 %. Les évaluations approximatives qui tentent de cerner les populations d'origine étrangère indiquent que plus d'une trentaine de pays sont représentés. Les mêmes

documents soulignent doctement qu'une grande hété-
rogénéité sépare les familles en difficulté des familles
aisées. Ce pourrait être une chance, une occasion à
saisir. Sans prétendre à un nivellement par le haut
– pure utopie –, cette coexistence pourrait bloquer la
dérive vers le ghetto...

Il en va autrement. Les classes sont nettement sépa-
rées en deux groupes dont l'un parvient à suivre un
cursus sans problème tandis que l'autre patauge !
L'équilibre est précaire, et les rumeurs courent vite. En
dépit des résultats des évaluations par niveau, ordon-
nées par le ministère et suivant lesquelles ces écoles se
situent dans une moyenne honorable, certains parents
ne peuvent s'empêcher de fantasmer sur les turpitudes
qu'endurent leurs rejetons dans la cour de récréation.
Ainsi, peu à peu, sans que cela fasse trop de bruit, les
cas de désertion se multiplient. Il suffit de tricher avec
son adresse pour fuir les écoles de Belleville, ce nid
de cancres et d'apprentis chômeurs. Une des lignes de
métro file vers Châtelet, si bien qu'en quatre stations
on se retrouve à Rambuteau. En face du Centre Pom-
pidou se trouve l'école Saint-Merri. Un véritable
« must » ! Elle accueille les enfants de cette partie du
Marais où la densité d'HLM est singulièrement faible.
Les parents sont en grande majorité artistes, cadres
supérieurs, commerçants ou journalistes. Quand on y
rencontre des enfants immigrés, ce sont des fils et filles
de diplomates. La tentation est trop forte. On voit ainsi
des représentants du gratin bellevillois, professeurs
d'université ou architectes – très sincèrement de gauche, n'est-ce pas ? –, user de ruses de Sioux pour éviter
à leur progéniture la promiscuité dégradante des bronzés. Parfois fervents militants de la Fédération des
conseils de parents d'élèves, ils disparaissent tout à
coup des réunions et annoncent la nouvelle avec un

sourire gêné quand on les questionne. Il ne s'agit pas pour l'instant d'un phénomène massif mais il nourrit la détestable rumeur qui ne demande qu'à s'amplifier. Si tant de gens désertent le front bellevillois, c'est sans doute que la bataille est perdue d'avance, se dit-on. Et qui pourrait reprocher à des parents de se préoccuper avant tout de l'avenir de leurs enfants ? Sans forcément recourir à une « délocalisation » sournoise, chacun sait quels sont les écueils à éviter. Au collège voisin, les sixièmes sont hiérarchisées en fonction des performances des élèves qu'elles admettent ; on se passe les « tuyaux » qui permettent d'éviter les classes dépotoirs. À terme, le risque est la mise en place d'une sorte d'apartheid, une école à deux vitesses qui oserait annoncer la couleur (et les séparer soigneusement !). Il suffirait dans un premier temps d'un habile découpage de la carte scolaire, d'une répartition par rue, et le tour serait joué. Pour certains, ce serait là un excellent atout électoral, facile à réaliser, pas cher, et qui pourrait rapporter gros.

Le « projet de REP » préconise d'associer les familles à la vie de l'école, de multiplier les lieux d'échanges pour intéresser les parents à la scolarité de leurs enfants. Joli programme. Dès qu'il fait beau, on voit des gosses africains qui n'ont pas dix ans traîner dans les rues jusqu'à minuit et plus. Ils attendent impatiemment d'avoir atteint l'âge de leur intronisation en grande pompe dans la bande à Nique-ta-mère. C'est dire l'ampleur des efforts à accomplir pour que le « projet de REP » prenne corps.

La Bellevilleuse

C'est au détour des années 70 qu'on a commencé à casser Belleville. Un immeuble par-ci, un pan de rue par-là, d'abord en douceur, puis, l'appétit venant en bétonnant, avec une furie obscène, un mépris total pour les autochtones condamnés à la relégation vers les banlieues riantes, Sarcelles, Chanteloup-les-Vignes... Dans ces coins-là, on ne chipote pas avec le nombre. Tant qu'à faire, c'est par séries de mille qu'on érige les clapiers. Les pauvres se reproduisent comme des lapins pour bénéficier des allocations familiales, c'est bien connu. Il faut donc voir grand.

Il ne s'agit pas de pleurnicher. Malgré les vertus douteuses dont la nostalgie populiste peut le parer, le taudis mérite d'être rasé. Dès la fin de la guerre, les élus communistes de l'arrondissement réclamaient déjà la destruction de l'îlot Rébeval, un cloaque digne des meilleures pages de Dickens ou de Zola. Dès la fin de la guerre, oui. En 1946 ! Il a donc fallu attendre plus de vingt-cinq ans pour que les édiles se penchent sur le problème. Oh, pas par philanthropie ! Au fil du temps, le prix du mètre carré à la construction promettait de coquets bénéfices, pour qui savait planter ses griffes dans le gâteau. Il y avait de l'espace. Des immeubles de rapport, de standing, ont donc progressivement remplacé les entrelacs de terrains si vagues qu'on pouvait s'y perdre, musarder à sa guise sans jamais oublier qu'on se trouvait au cœur de Paris. Puis, évidemment, il a fallu s'attaquer à ce qui existait, casser, broyer, faire table rase. Les stratèges de la « rénovation » ont travaillé avec talent. La tactique est toujours la même et évoque une variante du jeu de go. Ne jamais laisser se dessiner une ligne de front bien définie. Avancer ses pions pour encercler l'ennemi en douceur. Quand il est enlisé, le harceler de petits coups d'épingle qui peu à peu vont le paralyser. Exsangue, hébété, il renâcle et tente quelques offensives désordonnées, toutes vouées à l'échec, puisque l'arène dans laquelle il doit combattre est truffée de sables mouvants procéduriers, auxquels il n'entend rien. Il suffit alors de l'étouffer par pressions successives, pour l'asphyxier.

On laisse tout d'abord la misère prospérer. Une rue part à vau-l'eau ? Sa chaussée se déforme ? Les canalisations rompent ? Les égouts débordent ? C'est tant mieux ! Un escalier s'effondre, un toit rend l'âme ? Que demander de plus ! L'adversaire arrive sur le champ de bataille dans un état si piteux qu'il suscite les moqueries des spectateurs. On feint de s'apitoyer sur son sort, à coups de réunions soporifiques, pour mieux l'endormir. Vient alors l'heure de lui administrer quelques remèdes de derrière les fagots. Sur son corps malade, on pose de curieux cataplasmes tout en prodiguant des paroles rassurantes : quelques immeubles d'un luxe insolent sortent soudain de terre, au milieu des taudis. Le monstre titube, gratte ses plaies, se sent pris de vertige. Il grogne, abruti de colère devant les médecins d'opérette qu'on dépêche à son chevet, tous cousins de Diafoirus, aveugles et sourds à sa détresse. Puis, rempli de honte à la vue de sa propre déchéance, il se laisse dépouiller de ses dernières armes... C'est ainsi qu'on a opéré dans le secteur Rébeval, rue Bisson, rue de Pali-Kao, etc. Belleville s'est peu à peu vidé de sa sève populaire.

Défiant la puissance publique, un dernier quarteron de Mohicans bellevillois a pourtant osé résister à la rapacité des adeptes du marteau piqueur. Reclus dans une réserve aux frontières étriquées, coincés entre la rue de Belleville, la rue Ramponeau, la rue de Tourtille, ils ont réclamé et obtenu un sursis ! Ils prétendaient être relogés sur place, polémiquaient avec la mairie à propos des projets de « rénovation » de leur domaine, opposaient une résistance farouche au fameux droit de préemption ! Le projet qu'on leur avait présenté avait suscité la colère. Il n'était guère original : ici on démolit, là on abat, plus loin on défonce.

La SAEMAR Saint-Blaise – société d'économie mixte présidée par le maire du 20e en personne, l'ineffable Bariani ! – prévoyait la construction de 8 900 m² de surfaces commerciales, dans un quartier qui regorge déjà de supermarchés et de boutiques, de 10 à 15 000 m² d'activités tertiaires (bureaux, hôtel, locaux professionnels) et de 70 000 m² de logements. Au centre du dispositif, les architectes, qui ont la manie des « places », envisageaient d'en installer une, vaste, vide, totalement inutile, en tout point semblable à celle qui se trouve de l'autre côté de la rue de Belleville et sert de piste de stock-car aux joyeux lurons de la bande à Nique-ta-mère. Un réseau d'escalators censé faciliter les déplacements des riverains sur ce terrain au fort dénivelé venait compléter le tableau.

Les habitants ont réagi au quart de tour. Ligués en association, « La Bellevilleuse », ils ont répliqué du tac au tac aux arguments si raisonnables qu'on leur servait et qui n'avaient pour but que la destruction pure et simple de l'îlot. Bariani, le maire et président de la SAEMAR, cet être bicéphale, a vu se lever devant lui un véritable maquis de guérilla avec lequel il a dû composer. La « concertation » promise et qui n'était que poudre aux yeux s'est transformée en véritable négociation. En quatre ans, le pourcentage d'immeubles à raser a fondu, comme par miracle : 75, puis 60, puis 40, aujourd'hui 22 %, et ce dans un secteur réputé à l'origine totalement insalubre ! La mairie avait ses experts ? La Bellevilleuse lui a opposé les siens. Un cabinet de consultants a procédé à une étude minutieuse du bâti, réalisé une enquête sociologique, laquelle mit noir sur blanc l'évidence de la viabilité du quartier tel qu'il existe. Des liens très étroits se sont créés avec les nombreux artistes plasticiens qui ont occupé les lieux et que l'opération de rénovation menaçait de déloger. Lors des journées portes ouvertes organisées au printemps, plus de vingt mille Parisiens ont pris l'habitude de sillonner les rues de Belleville pour visiter leurs ateliers.

Utilisant les moindres failles de procédure – l'interdiction d'accès à une séance pourtant publique du Conseil de Paris, la dénonciation du murage illégal d'immeubles sans permis de construire... –, l'association est parvenue à renvoyer à la case départ tout le processus de « rénovation ». Le plus patient des bétonneurs y aurait perdu son latin et sa patience ; peu à peu, l'adversaire, pris à son propre piège, a dû battre en retraite et a commencé à rétrocéder des immeubles déjà préemptés. Dans l'histoire de la mise à sac de Belleville, c'est la première victoire, et elle n'en est que plus éclatante. La guerre de la « ZAC Ramponeau » figurera sans doute dans les manuels, tant les leçons à en tirer sont riches. J'imagine les « têtes pensantes », recluses dans leur tanière municipale, perplexes, encore sous le choc, et se demandant quelle erreur elles ont bien pu commettre pour s'être ainsi fait rouler dans la farine ! À bien y réfléchir, l'arsenal déployé par les rebelles peut se résumer à un seul mot : respect. Chacun a apporté ses idées, ses doléances, ses propositions, que l'on a écoutées avec la plus grande attention. Le local de l'association, une boutique de la rue Ramponeau, s'est transformé en lieu d'accueil où les habitants démunis peuvent venir prendre conseil, faire remplir un papier administratif, trouver une aide.

Le respect ? Il faut avoir assisté à l'une des « séances de concertation » organisées par Bariani pour mesurer l'ampleur du fossé qui sépare la Bellevilleuse et les autorités municipales de l'époque. Rien n'a été épargné. Sonorisation insuffisante, éclairage défectueux des documents présentés sur diapositives afin de les rendre illisibles, « claque » aux ordres, sans compter les interminables pensums rédigés par les technocrates et lus d'une voix monocorde, les combines les plus éculées ont été utilisées. Juché sur une estrade, flanqué de ses adjoints, le maire toisait la salle, certain de sa supériorité. Parmi les gradins, des agents à sa solde levaient la main comme de bons élèves et vantaient d'une voix enjouée les mérites des aménagements prévus, suscitant dans un premier temps un énorme éclat de rire, puis des cris de colère. Un des sbires chargés de faire circuler le micro ignorait superbement les immigrés demandant la parole, et, alors qu'il vouvoyait les « Blancs », tutoyait sans vergogne la femme arabe inquiète de savoir où elle allait bien pouvoir se loger avec ses enfants. On se serait cru à une séance de Guignol. Si une grande banderole proclamant « Je vous méprise » avait été tendue au-dessus de la tribune, la réaction à l'égard de Bariani aurait été moins violente ! Le respect. Un mot insignifiant. Auquel on ne prend pas garde. Sept petites lettres coincées à l'étroit dans leur cage du dictionnaire et qui, à force de tourner en rond, privées d'espace, finissent par donner l'envie de mordre...

L'album de famille

Ils sont donc dix-neuf, à fixer l'objectif, certains goguenards, d'autres avec un sourire un peu crispé. Le premier rang est assis, le deuxième debout, le troisième juché sur un banc. Dix-neuf enfants d'une classe de cours préparatoire. Il s'agit de la séance de photographie rituelle de début d'année, que nous avons tous connue. La maîtresse se tient à côté de ses élèves et se prête au jeu, elle aussi. Nous sommes dans la cour de récréation d'une école primaire, à Belleville, dans le 19e arrondissement de Paris, à quelques semaines du 1er janvier 2000, l'affaire est entendue.

La photographie de la classe du cours préparatoire qui a servi à ouvrir ce récit va regagner la place qui lui est assignée dans l'album familial, un classeur que nous tenons soigneusement à jour, ma compagne et moi, année après année, et que nous compulsons souvent, avec un masochisme certain puisqu'il nous offre, en creux, le spectacle de notre propre vieillissement.

Pour le compléter, nous avons fouillé les tiroirs, à la recherche de clichés hérités de notre propre enfance. Aux couleurs ektachrome qu'on trouve aujourd'hui sur le marché sont ainsi venus s'adjoindre des noir et blanc conservés dans des enveloppes flétries, après un long séjour au fond d'une armoire. Un arbre généalogique se dessine. Surprenant. Banal et paradoxal à la fois. Rempli de trous : la mémoire familiale accuse quelques défaillances. Un jour sans doute, mon fils, David, ce petit Bellevillois, en prendra connaissance avec le recul nécessaire et sera à même d'en apprécier la saveur un peu amère.

Parmi ces clichés, deux sans doute retiendront son attention. L'un montre ses grands-parents maternels, Juifs exilés de Pologne, quelques mois après leur arrivée à Paris. Rescapés des massacres, survivants miraculeux de la Shoah, qui ne se sont décidés à fuir leur terre natale qu'après la vague de pogroms qui s'abattit sur le pays en 1946. Les Polonais « de souche » n'avaient en effet rien appris du calvaire enduré sous la botte nazie. Il leur fallait un bouc émissaire dont la mise à mort permettrait d'exorciser leurs propres souffrances, le même depuis la nuit des temps : le Juif. Ils s'en donnèrent à cœur joie. À Lwow, Radom, Kielce, dès la sortie des vêpres, la populace gorgée de mauvaise vodka s'excita. Vociférations antisémites, puis défenestrations, attaques de trains de réfugiés, lapidations, éventrations de femmes enceintes, afin que la détestable engeance ne puisse se reproduire...

Dès lors, que faire sinon fuir ? Et se retrouver, hébétés mais rassurés, à Paris, boulevard de Belleville, près de la façade de la Vielleuse, un beau jour du printemps 1948, devant les stands d'une soupe populaire, là où les yids des quatre coins de l'Europe qui avaient échappé aux *Einsatzgruppen* et aux chambres à gaz se regroupaient pour s'entraider.

La femme que j'aime, celle dont je partage la vie depuis plus de vingt ans, la fille de ces deux réfugiés, est juive. Les fantômes des images d'archives, tous ces visages anonymes, hideux, déformés par la souffrance, me sont devenus terriblement familiers. Quand, au hasard des programmations télévisuelles, ils défilent sur l'écran en noir et blanc, ce sont eux, ma compagne, mes enfants, que je vois monter dans le train, c'est sur eux qu'on referme les portes coulissantes des wagons à bestiaux. C'est absurde, je le sais bien, mais c'est ainsi.

Voilà donc la première branche de l'arbre généalogique. Le second cliché montre un soldat. Mon grand-père. André. Avec sa capote bleu horizon, son fusil Lebel, ses bandes molletières, son casque... Un brave type, André, un pauvre type, plutôt, confié pour cause de lâcheté paternelle dès son enfance à l'Assistance publique, ballotté de ferme en ferme, ouvrier agricole non par vocation, mais bien par nécessité, et qui – comment lui en vouloir ? – s'engagea dans les rangs de l'Infanterie coloniale, dès sa majorité. Il partit pour le Tonkin, mater l'indigène annamite que démangeaient déjà quelques velléités d'indépendance. À son retour, la voie était toute tracée : il devint flic. Modeste agent de commissariat, rue Delambre, grâce aux emplois réservés aux vaillants serviteurs de la patrie. En 1939, l'armée française se rappela à son bon souvenir et l'expédia sur la ligne Maginot. À la suite des sinistres mois de la drôle de guerre, il fut fait prisonnier et échoua dans un lointain stalag de Poméranie.

J'ai vite su qu'il était revenu de captivité bien avant 45. Mais j'ai longtemps hésité à vérifier la date exacte de son retour. Je savais qu'il avait repris son service au commissariat de la rue Delambre, bénéficiant, sans doute, de facilités de rapatriement réservées aux serviteurs zélés de l'État. L'État français, celui de Vichy, en l'occurrence. Mon grand-père n'a été libéré de son stalag qu'en 1943. Il n'a donc pas participé, comme tous les membres de la flicaille parisienne, à la rafle du Vél'd'Hiv. À l'opération Vent printanier. Je dois avouer que j'ai été heureux, soulagé, de le constater.

Le hic, c'est que le commissariat de la rue Delambre est voisin de la rue Huyghens, où existait un vaste gymnase. Durant toute l'occupation nazie, on y entassa les Juifs raflés aux quatre coins de la région parisienne, avant de les acheminer à Drancy. Et je ne peux m'empêcher d'imaginer mon grand-père, le brave papy qui m'a fait sauter sur ses genoux durant toute mon enfance, prenant son modeste tour de garde, pour surveiller les gens parqués dans cet enclos. Mon grand-père n'était pas le genre de type à refuser d'obéir. De toute sa vie, il n'a jamais relevé la tête, jamais manifesté le moindre geste de révolte. Son enfance misérable lui avait inculqué la soumission, inexorablement.

Les convois ont été nombreux, jusqu'en 1944. Le crématoire d'Auschwitz a fonctionné à plein régime jusqu'aux dernières semaines, avant que la panique ne s'empare des bourreaux, devant l'avance de l'armée Rouge. Et je n'ai pas envie de fouiller les archives, les registres de garde, la main courante du commissariat de la rue Delambre, tous ces documents poussiéreux, mais peut-être encore accessibles... qui sait ?

Au moment de conclure ce récit, de classer les photographies, je ne peux m'empêcher de laisser mon imagination vagabonder, de me projeter dans l'avenir. De penser à mon fils, ce petit David qui joue au foot avec ses copains chinois, maliens, turcs ou tamouls, dans la cour de récréation de l'école de la rue Rampal, sans même se douter à quel point, en dernière instance, s'il est né à Belleville et s'il y vit, c'est bien parce que le hasard s'est ingénié à l'y convoquer, de valse brune en vent printanier, afin de renouer les fils du destin, un à un, sournoisement. Et c'est à lui que reviendra le dernier mot. Il nous dira un jour si tout cela avait un sens. Mais plus tard. En temps utile. Pour le moment, il apprend à lire.

Postface

Toutes les vérités
ne sont pas bonnes à dire

J'avais entrepris la rédaction de cette chronique sur la base d'un constat banal mais inquiétant : depuis des années, la situation se dégradait dans ce qu'il est convenu d'appeler « les cités », les faits de délinquance qui étaient rapportés allaient croissant en nombre et en gravité, le Front national prospérait, et, parallèlement, tout un bataillon de sociologues montait régulièrement au créneau pour expliquer qu'il n'existait pas d'insécurité mais seulement un « sentiment d'insécurité ». Dès lors tous ceux qui osaient affirmer le contraire se voyaient aussitôt accoler l'étiquette de « sécuritaire » et pouvaient être suspectés de connivence avec le Front national. Souvenons-nous. Au temps de l'Union soviétique radieuse, il ne fallait surtout pas émettre la moindre critique à propos du goulag pour ne pas « faire le jeu de l'ennemi ». Le même raisonnement aussi pernicieux que stupide imposait le silence à propos de la délinquance sous peine d'apporter de l'eau au moulin de Le Pen. Ben voyons.

Sans que la situation à Belleville ne revête le même caractère de gravité que dans les banlieues les plus chaudes, tant s'en faut, j'étais malgré tout aux premières loges pour subir et témoigner d'une lente désagrégation du « tissu social » suivant l'expression consacrée. La rengaine sur le « sentiment d'insécurité » m'exaspérait, et, puisqu'un éditeur me le proposait, je décidai de ne pas me défiler. Le livre fut accueilli de diverses manières... J'eus un avant-goût de ce qui m'attendait en écoutant les réactions de quelques amis. Celui-ci, universitaire marié à une Chinoise, m'expliqua qu'il avait trouvé le ton très juste, sauf en ce qui concernait les Chinois ! Celui-là, chercheur au CNRS, et juif, m'avoua avoir été enchanté de l'ensemble mais déconcerté par le passage concernant les loubavitchs. Tel autre, éditeur animé de solides convictions d'extrême gauche, fut horrifié par le fait que j'avais dénoncé un dealer. À son avis, il fallait s'en prendre aux pays producteurs et, en attendant, laisser prospérer le malheureux petit dealer, lui-même probablement usager, et donc victime, n'est-ce pas ? Le laisser ainsi, en toute impunité, semer ses seringues sur son passage, comme le Petit Poucet ses petits cailloux. Etc, etc.

Puis vint la presse. *Le Monde*, *Libé* (« un récit beau mais rude »), *Télérama* (« un pavé dans la mare de toutes les inerties »), *France-Soir* en parlèrent de façon équilibrée et positive, de même que la revue *Hommes et migrations* dont le moins qu'on puisse dire est qu'elle ne fricote pas avec l'extrême droite ! *CFDT Magazine* me réserva un accueil très positif, alors que j'avais un peu brocardé la Confédération ! Le *JDD*, quant à lui, se signala par un grand souci de déontologie journalistique... J'avais accueilli le reporter, passé toute une journée en sa compagnie dans le quartier et il eut donc tout le loisir de prendre note de mes propos. Sur une pleine page, ce fut un vrai feu d'artifice. Les extraits les plus saignants (« Je les hais », « j'ai des envies de meurtre »), soigneusement mis en exergue et en caractères gras, et bien évidemment cités hors contexte, visaient à persuader le lecteur que j'étais un personnage plus que suspect ! Je ne sais plus qui a dit en substance « donnez-moi quatre citations et je fais condamner n'importe qui » mais il avait raison. Dans ce registre, la palme de la bêtise et de la malhonnêteté revint sans conteste à la revue *Amnistia* qui sévit sur le Net mais diffuse aussi en librairie. Citant ce passage : « imperceptiblement, mais implacablement, telle rue, et partant telle école, devient progressivement chinoise, telle autre encore turque, telle autre arabe... », le journaliste d'*Amnistia* en tira cette conclusion : « Ethnie, relatif à la race, dit le Grand Robert. Il a toujours été plus facile de diviser que de rassembler. À suivre T. Jonquet, on peut se demander ce que devient l'action des travailleurs et des militants qui interviennent au quotidien pour exercer la solidarité et la justice sociale ? » Le « chapeau » de l'article titrait *Un beauf à Belleville*, histoire d'aguicher le lecteur. Si ledit lecteur veut bien relire ce passage, il ne pourra que constater que j'y déplore, que j'y dénonce *précisément* le fractionnement ethnique du territoire, profondément néfaste, via ses conséquences scolaires ! Mais il est tellement plus tentant, plus amusant de tirer à boulets rouges sur le « beauf » et de le rendre complice des maux qu'il s'acharne à dénoncer ! Raisonner à coups de slogans évite de se fatiguer l'intellect. Passons.

Le journal *Ras l' Front* – j'avais été un des premiers signataires de l'Appel des 250 à l'origine de sa création – consacra à *Jours tranquilles* toute une page, chaleureuse, et très instructive à la relecture : sous la plume de l'ami Remi Barroux on pouvait discerner toute la gêne, la difficulté à aborder des problèmes indéniables, et ce, d'un point de vue de gauche ! « Disons-le franchement, les mots de Thierry – les maux qu'il dénonce vigoureusement – sous une autre plume, pourraient faire scandale [...] tout au plus prend-il le risque de voir ces peurs exploitées par les tenants d'un ordre social auquel il n'a jamais adhéré. » C'était en fait tout le contraire ! Je ne prenais pas ce risque puisque, depuis longtemps, le Front national faisait ses choux gras des fameuses peurs. Ce n'était en aucun cas une modeste chronique qui alimentait le vote FN, mais bien la réalité qui y était décrite. « On peut, par contre, reprocher à l'auteur militant de nous laisser sans espoir, puisqu'il s'agit pour lui, pour nous, de ne pas laisser se dégrader une société, un quartier plus qu'ils le sont déjà. Que faire ? Thierry ne propose pas de solution. Il en souffre visiblement et son fils devient l'argument de sa peur... » poursuivait plus loin Remi. Mais le but du livre n'était absolument pas de proposer je ne sais quel manuel de militantisme, histoire de remonter le moral des troupes, mais tout simplement de dresser un état des lieux et, précisément, de faire part d'un certain désarroi ! On me reprocha ailleurs de ne pas avoir assez détaillé et mis en valeur l'action des militants associatifs qui se bagarrent âprement contre la dégradation alors que tout un chapitre était consacré à la bataille exemplaire de la Bellevilleuse ! Mes ex-amis de la LCR furent très gênés, et, ne sachant eux-mêmes sans doute pas par quel bout prendre le livre, m'accordèrent un champ libre, dans leur hebdomadaire, sur une pleine page ! Je n'aurais jamais cru devoir écrire de telles phrases dans *Rouge* que j'ai vendu à la criée sur les marchés pendant près de vingt ans, mais je ne laissai pas passer l'occasion : « Sécurité. Le vilain mot est lâché. Les protestations s'amplifient : chauffeurs de bus constamment agressés, profs las d'encaisser les insultes, les crachats, médecins qui rechignent à visiter dans les cités de crainte de se faire braquer, flics de base terrés dans leurs commissariats et qui se font caillasser dès qu'ils s'aventurent un peu trop loin. Une réalité opaque, subie en silence, qui soudain remonte à la surface. Des dizaines de milliers de gens vivent la peur au quotidien. Une souffrance massive, ignorée sinon méprisée par la gauche caviar. Inutile de s'enfoncer la tête dans le sable à l'instar de l'autruche. La réalité, il faut faire avec. Pour la combattre, il faut accepter de la décrire, avec des mots crus. »

Décidément, tout tournait autour des mots, des mots dont il ne faut pas avoir peur, qu'il ne faut pas entourer de guillemets prophylactiques pour combattre l'extrême droite, laquelle n'a que faire des précautions oratoires. À coups de calembours plus que douteux, Le Pen a grandement démontré son talent en la matière ! Fin novembre 99, *Le Monde* fut coorganisateur d'un colloque sur le thème « violences urbaines et délinquance juvénile ». Voici l'entrée en matière du compte rendu : « Des mots relativement tabous dans le débat public français – ethnicisation, communautarisation, sécession – ont été omniprésents. Ce thème politiquement périlleux, même en période d'affaiblissement du Front national, a été longuement discuté par les chercheurs. » C'était le signe que certains, non pas un auteur de polars irresponsable, mais des spécialistes de la sociologie, commençaient à comprendre qu'il ne servait à rien de se cacher derrière les mots comme on se cache derrière son petit doigt. Je croyais donc être « couvert » par l'avis d'experts autorisés. Erreur !

En juin 2000, je reçus une véritable volée de bois vert de la part de Michel Wieviorka, directeur d'études à l'EHESS, et du *Monde des débats*, excusez du peu ! La sympathique petite revue *Diasporiques* consacra en effet tout un dossier à *Jours tranquilles*, dossier dans lequel M. Wieviorka fut invité à délivrer son avis, dans le camp des « contre ». Me donnant quitus d'une certaine clairvoyance dans bien des domaines, notamment d'une justesse d'observation au quotidien, il m'épingla rudement, me taxant de poujadisme, de populisme et d'autres noms d'oiseau. « Il en rajoute parfois, comme s'il voulait se convaincre et nous convaincre de son abjection. Nez collé sur la vitre de son appartement [...] il surveille, épie, se délecte de la vie des autres et va jusqu'à dénoncer aux flics un dealer qui a le malheur d'agir sous ses fenêtres. » Un dealer qui a le malheur d'agir sous ses fenêtres. *Sic* ! Un tel paragraphe mériterait bien des commentaires. Je suis romancier, et, en effet, j'observe énormément ce qui se passe autour de moi. Déformation professionnelle oblige ! Mais que signifie le membre de phrase concernant le dealer ? Qui a eu le « malheur » d'agir sous mes fenêtres ? Devais-je laisser faire, regarder ailleurs ? Ou lever une petite milice de voisins pour le chasser au lieu de faire appel à la police ? J'aurais levé, à n'en pas douter, une milice raisonnable, une milice humaine, mais qui me dit, avec un tel raisonnement, qu'à trois pâtés de maisons plus loin, d'autres n'auraient pas hésité à lever une milice plus musclée, bien plus expéditive ? Voilà le tabou qui mettait le directeur du *Monde des débats* dans tous ses états : la police ! Eh oui, en dépit de tous ses défauts, en dépit du fait qu'il faille sévèrement la tenir à l'œil et dénoncer ses bavures, elle est là pour ça, et, comme je le soulignais dans le chapitre concerné, je me méfie énormément de la « justice populaire ». Plus loin, M. Wieviorka s'attardait sur mon cas. « [Jonquet] est typique de ces couches moyennes éduquées qui n'ont pas chuté dans le chômage et l'exclusion, mais qui vivent dans un sentiment croissant d'abandon et de décadence, dans un environnement où l'on se sent étranger et où la combinaison des effets de l'exclusion et de l'ethnicisation des rapports sociaux exacerbe la peur, le sentiment d'insécurité... » Bigre ! Imaginons alors des couches paupérisées, inéduquées, ayant chuté dans le chômage et l'exclusion... et nous avons l'électorat de Le Pen. CQFD. Il allait de soi, toujours plus loin dans le même article, que je trempais ma plume « dans un vitriol qui fleure l'anarchisme d'extrême droite » ! La belle affaire. Soyons juste. Deux paragraphes plus loin, M. Wieviorka me donnait acte que je n'étais pas devenu un salaud et que je ne rejoindrais jamais le camp des racistes et des nationalistes. Ouf ! Quelques semaines plus tard, lors d'un déjeuner, fort courtois, avec M. Wieviorka, je n'eus aucunement besoin d'avoir recours à des trésors d'éloquence pour achever de le persuader que j'étais toujours déterminé à me battre contre le Front national ! Dans un second volet du même dossier, les « pour », la revue *Diasporiques* donna la parole à Alain Seksig, ex-directeur d'école dans le quartier de Belleville, et qui connaît parfaitement le terrain. Son point de vue sur le livre était radicalement différent.

Depuis la parution de *Jours tranquilles à Belleville*, un peu d'eau a coulé sous les ponts. Rien n'a fondamentalement changé à Belleville. Je n'ai pas vu de seringues traîner depuis quelque temps, mais pourtant les dealers sont toujours à l'œuvre. Sans doute le crack, la came du pauvre, a-t-elle remplacé l'héroïne ? Les tensions interethniques frémissent toujours. Le seul point sur lequel le rappel à l'ordre et à la loi a produit ses effets concerne les pitbulls qui ont presque totalement disparu. Du côté des militants associatifs, une régie de quartier est en voie de création et on peut raisonnablement beaucoup attendre de cette initiative qui pourra fédérer les énergies.

Je n'ai pas boudé mon plaisir à la lecture de certains ouvrages, de certains articles, de prises de position très fermes de la part de responsables politiques et je n'en citerai que quelques exemples. Un livre à mon avis assez fondamental a été publié par la sociologue Michèle Tribalat, *Dreux, voyage au cœur du malaise français* (Syros). Dreux, la ville-laboratoire du Front ! Qu'il me soit permis ici de lui adresser mon salut. « Le sentiment d'insécurité, écrit-elle, a, on le sait, des effets dévastateurs en matière de lien social car il porte le risque d'un retrait toujours plus grand de l'espace public. Il fait également le lit du Front surtout si ce dernier est le seul à l'exprimer. La lutte contre le Front ne consiste pas, en matière de délinquance comme en d'autres domaines, à nier la réalité au prétexte qu'il en fait son cheval de bataille. [...] Sinon le risque est grand de voir le FN prospérer au seul motif qu'il sera le seul à parler aux gens de ce qui est vrai et les préoccupe vraiment. La réalité n'appartient pas au Front national, elle est. Toute politique qui vise à l'efficacité doit la reconnaître. » On ne saurait mieux dire ! Il y a surtout Malek Boutih, président de SOS Racisme, qui, ès qualités, a décidé, comme on dit familièrement, de mettre les pieds dans le plat et a été largement entendu par la presse. J'achève d'écrire ces lignes le 1er avril 2003, et j'aurais rêvé de poissons un peu plus rigolos. Voici des extraits d'un article du *Monde* datant de tout juste un an, 1er avril 2002. *Le Monde* qui, par l'intermédiaire de son « médiateur », Robert Solé, reconnaissait que « pendant des années, *Le Monde* a donné l'impression de cacher une partie de la réalité pour ne pas alimenter le racisme. Faut-il regretter que des faits dérangeants soient enfin abordés de front ? » De Front, la majuscule, absente de la typo du *Monde*, vient tout naturellement sur les lèvres. Interwiewé par le quotidien, Malek Boutih ne mâche pas ses mots, ces mots dont on ne répétera jamais assez qu'ils ne doivent pas être redoutés. « La nature de la violence a évolué et certains quartiers sont en voie de ghettoïsation voire de dérive communautariste. Pendant des années, nous avons été polarisés sur l'extrême droite au risque d'oublier ce qui se passait devant notre porte. Aujourd'hui, il faut parler des choses, même lorsqu'elles sont dérangeantes. [...] Je ne supporte plus le discours angélique, post-soixante-huitard, faussement compréhensif, cherchant des excuses à ces dérives. Non, la violence n'est pas le signe d'une révolte contre la société de consommation. Il y a avant tout une logique de business derrière tout cela. Ces quartiers ont besoin de tout sauf de charité et d'assistanat. »

Comme tant d'autres, j'ai reçu un violent coup de poing en voyant apparaître le visage de Le Pen comme postulant au second tour de la présidentielle, le soir du 21 avril 2002. L'extrême droite, dont bien des imprudents avaient cru bon d'annoncer le déclin, est toujours postée en embuscade. À bon entendeur, salut !

T.J.

DU MÊME AUTEUR

Mygale
Gallimard, « Série noire », n° 1949, 1984
« Folio », n° 2684
et « Folio Policiers », n° 52

Mémoire en cage
Gallimard, « Série noire », n° 2397, 1986
et « Folio Policiers », n° 119

Comédia
Payot, 1988
et Actes Sud, « Babel noir », n° 376

Trente-sept annuités et demie
Le Dilettante, 1990

Les Orpailleurs
Gallimard, « Série noire », n° 2313, 1993
et « Folio Policiers », n° 2, 1998

La Vie de ma mère !
Gallimard, « Série noire », n° 2364, 1994
et « Folio », n° 3585

L'Enfant de l'absente
avec Jacques Tardi et Jacques Testart
Seuil, coll. « La Dérivée », 1994
et « Points », n° P588

La Bête et la belle
Gallimard, « Folio », n° 2000, 1995
et « Bibliothèque Gallimard », 1998
et « Folio Policiers », n° 106

Le Secret du rabbin
L'Atalante, 1995
et Gallimard, « Folio Policiers   n° 199

Le pauvre nouveau est arrivé
« Librio noir », n° 223, 1998

Du passé faisons table rase !
Actes Sud, « Babel noir », n° 321, 1998

Moloch
Gallimard, « Série noire », n° 2489, 1998
et « Folio », n° 212

La Vigie et autres nouvelles
L'Atalante, 1998

Le Bal des débris
Méréal, 1998
et « Librio noir », n° 413

Rouge, c'est la vie
Seuil, « Fiction et Cie », 1998
et « Points », n° P633

Le Manoir des immortelles
Gallimard, « Série noire », n° 2066, 1999
et « Folio Policiers », n° 287

Ad vitam aeternam
Seuil, « Fiction et Cie », 2002
et « Points », n° P1082

Jeunesse / Bandes dessinées

Lapoigne à la chasse aux fantômes
(illustrations de Hervé Blondon)
Nathan Jeunesse, 1995

Un enfant dans la guerre
(illustrations de Johanna Kang)
Gallimard-Jeunesse, 1995

Lapoigne à la foire du Trône
(illustrations de Hervé Blondon)
Nathan Jeunesse, 1997

On a volé le Nkoro-nkoro
Syros Jeunesse, 1997

Lapoigne et la fiole mystérieuse
(illustrations de Hervé Blondon)
Nathan Jeunesse, 1998

Paolo et la crapule
(illustrations de Jean-Noël Velland)
Pocket Jeunesse, n° 203, 1999

La Vigie
(illustrations de Jean-Christophe Chauzy)
Casterman, 2001

Lapoigne et l'ogre du métro
(illustrations de Hervé Blondon)
Nathan Jeunesse, 2002

Les Fantômes de Belleville
(illustrations de Eric Héliot)
Mango-Jeunesse, 2002

La Vie de ma mère
(illustrations de Jean-Christophe Chauzy)
Casterman, 2003

L'Homme en noir
(illustrations de Annick Le Goyat)
Mango-Jeunesse, 2003

RÉALISATION . I.G.S. CHARENTE-PHOTOGRAVURE À L'ISLE-D'ESPAGNAC
IMPRESSION : S.N. FIRMIN-DIDOT AU MESNIL-SUR-L'ESTRÉE
DÉPÔT LÉGAL : JUIN 2003. N° 59191 (64370)

Collection Points